Gil

DU MÊME AUTEUR

Les merveilles du monde, P.O.L, 2007

Georges Aperghis. Avis de Tempête, Intervalles, 2007

Le Patron, P.O.L, 2009

Carrare, P.O.L, 2011

Célia Houdart

Gil

P.O.L
33, rue Saint-André-des-Arts, Paris 6^e^

Pour l'écriture de ce livre, l'auteur a bénéficié d'une bourse de création du Centre national du Livre et du programme Missions Stendhal.

ISBN : 978-2-8180-2124-8
www.pol-editeur.com

Orfeo che trasse al suo cantar le fere

Orphée qui de son chant apprivoisa les bêtes féroces

1.

La route depuis la gare dessinait un long trait net à travers la forêt. Du vent agitait doucement la cime des arbres et courbait les ronces. Soleil haut, nuages épars. Le goudron tacheté de pastilles jaune pâle et d'ombres mouvantes exhalait une odeur de solvant que Gil trouva acide. La signalétique au sol venait d'être retracée en blanc luminescent et l'on pouvait encore voir l'axe du marquage tracé à la craie. Sur le bas-côté, une fine bande magnétique de cassette audio sortie de son boîtier et accrochée à une branche laissait flotter ses longs cheveux bruns brillants au-dessus d'un parterre de fougères.

Gil attendait d'avoir dépassé le rond-point avant de s'engager dans la forêt. Le sac en plastique rigide dont il serrait la poignée, en se balançant, lui piquait les mollets à travers la toile de son pantalon.

Les champs de blé et de colza, le crépi clair des ensembles pavillonnaires, le mouvement de houle des câbles arrêté par la brusque plongée dans le noir d'un tunnel, toutes les images qui s'étaient formées lors du trajet en train sur la rétine des yeux de Gil s'interposaient encore entre le paysage et lui.

Une moto traversa le rond-point. Le motard était un homme de petit gabarit, vêtu d'une combinaison de cross avec plastron, protège-coudes et genoux. Son visage était caché par une visière gris fumé. Il roulait à faible allure, ajusta d'une main gantée son casque en tirant sur la mentonnière.

Gil prit la direction de Thomery et un chemin sur la droite qui était un raccourci vers le village. Le sol sablonneux était tapissé de plantes sèches et odorantes. De minuscules mouches et des papillons bleus à reflets de métal se posaient sur les fleurs.

Gil ressentait au fond de l'oreille la légère douleur et l'impression de surdité passagère que l'on éprouve dans les zones de décompression. Jusqu'à ce que le cri d'un merle, suraigu et modulé pendant plusieurs secondes, déchirât une sorte de voile qui, jusqu'alors, atténuait tout. Les choses retrouvèrent soudain leur netteté et les sons toute l'étendue de leur spectre.

2.

Gil avait attendu dans la salle à manger, assis sur une chaise à dossier haut, les mains posées à plat sur la table en bois foncé vernissé, constellé à sa surface de petites marques de doigts qu'avaient laissées avant lui d'autres élèves qui, comme lui, avaient eu le trac et les mains moites, et qui, comme lui, s'étaient exercés en reproduisant les doigtés d'un passage particulièrement difficile. Le vitrail de la grande fenêtre filtrait la lumière en projetant des taches rouges et vertes sur la partition.

Bruna, les poignets noueux et les cheveux blancs roulés en macarons sur les oreilles, ouvrait aux élèves. Elle leur proposait toujours, si l'attente devait se prolonger, un verre d'eau qu'elle apportait sur un plateau marocain en cuivre qui, au moindre heurt, sonnait comme une cymbale. Puis elle s'en allait doucement, le dos légèrement voûté, les mains toujours un peu décollées de sa blouse.

Une double porte séparait le salon de l'entrée, et l'entrée de la salle à manger. Dans le salon, des tapis dont les franges s'entremêlaient absorbaient une partie des sons, tandis que d'autres s'échappaient, traversant, tels d'étranges animaux invisibles, les pièces de l'appartement, passant sous les portes et les meubles, en suivant les rainures du parquet et en remontant le long des moulures, propageant leur vibration, deux pièces plus loin, à un vase ou à un miroir qui ornait la salle à manger.

Gil relisait des indications sur sa partition. Venant de l'entrée, un bruit de portes qu'on ouvre et qu'on referme. Deux personnes se parlant puis se saluant. Nouveau bruit de portes qu'on ouvre et qu'on referme. Grincement de pas sur le parquet se rapprochant de la salle à manger. Gil vit la poignée de la porte faire un demi-tour dans le sens des aiguilles d'une montre. D'un rectangle noir s'élargissant surgit une silhouette âgée. Le professeur fixa le jeune homme, son sourire faisait ressortir ses pommettes et déplaça un instant les rides qui marquaient son visage. Puis, tout en recoiffant d'une main ses cheveux teints en auburn, elle dit :

– Monsieur Gil.

Gil se leva. Léger craquement de l'assise en paille de sa chaise.

Le professeur conduisit son élève dans la salle de musique qui sentait l'encaustique et la poudre de riz.

3.

Le piano de Marguerite Meyer était un demi-queue Pleyel en acajou. Pupitre ajouré. Pieds tournés effilés. Couvercle recouvert d'une étoffe en crêpe de soie japonais orange avec des reflets rouges. Des partitions. Un étui à lunettes et un verre d'eau sur un plateau-miroir.

Le salon était meublé de façon très disparate. Il y avait une banquette tendue de cuir repoussé, un pouf marocain avec une étoile brodée, une petite table entourée de trois fauteuils. L'ensemble légèrement déporté pour ne pas encombrer l'espace autour de l'instrument.

Le professeur invita Gil à régler la hauteur de son siège.

– Joachim, votre camarade qui vient de partir, est un géant. Je me demande toujours comment il se débrouille avec ses jambes.

Gil ouvrit sa partition à la première page et la posa sur le pupitre.

C'était le mois de juillet. Le soleil tapait sur la musique.

Gil avança la main droite au-dessus du clavier. Le professeur souleva et inclina légèrement le poignet de son élève. Elle plaça le pouce sous la paume de Gil, ses autres doigts pressaient la partie extérieure de sa main. Elle malaxa doucement, dit à Gil de relâcher les phalanges, pour avoir la main ronde. Puis elle pinça la zone d'où partent et travaillent les muscles du pouce, appuya fort pour faire de lui un pianiste dont le pouce *chante*.

Le front poudré de Marguerite Meyer luisait par endroits.

Rumeur d'un bus venant du dehors. Gil inclina la tête, posa sa main sur son genou droit. Un temps. Il releva le menton, fixa des yeux les premières mesures. Il déplia son bras. Il respira, joua.

*

Après sa leçon, Gil avait pour habitude de flâner un moment autour de la place Pigalle. Il observait les néons éteints des boîtes de nuit, les stucs qui pelaient, les murs blanc sale ou noircis où se devinaient des enseignes disparues.

Une légère vibration émanait des rues. Et les lignes des façades bougeaient dans la fontaine.

4.

Gil jouait du piano dans un pavillon 1900 orienté au nord-ouest. Un octogone au crépi jaune pâle avec pierres d'angle et toit d'ardoises surmonté d'une boule avec une pointe en zinc. On y entrait par une porte-fenêtre qu'encadraient des persiennes blanches. Chaque pan de l'octogone était percé d'une fenêtre. Deux d'entre elles offraient un beau point de vue sur la Seine.

Le pavillon se trouvait au fond de l'un de ces petits jardins en terrasse qui, mis bout à bout, dessinaient à Thomery un long ruban vert entre la route et le bord de l'eau. Il était la propriété d'un couple de retraités qui habitaient la maison d'en face. Le pavillon leur avait longtemps servi de remise. Ils y entreposaient des outils de jardinage, de vieux tapis, un radiateur d'appoint, des bocaux et des pommes qu'ils disposaient sur des claies. Comme ils se sentaient vieillir et qu'ils ne jardinaient pour ainsi dire plus, ils avaient proposé, en échange de services (tonte de la pelouse, taille des rosiers, peinture des persiennes), de prêter le pavillon à Gil, qui, justement, avait fait savoir par le biais d'une petite annonce qu'il cherchait un endroit où installer son piano d'étude. Un Kawai noir acheté à Fontainebleau lors d'une vente aux enchères.

En visitant la première fois le pavillon, Gil lui avait trouvé une odeur de champignonnière. Il avait ouvert en grand les fenêtres pendant tout un été. Et l'accordeur de pianos avait conseillé à Gil, l'hiver, de recouvrir l'instrument de couvertures et de brancher un déshumidificateur d'air.

⋆

Les soirs d'été, les deux retraités traversaient la rue, un coussin calé entre le bras et les côtes. Ils s'installaient sur des chaises en fer forgé qui rouillaient dans l'herbe, inspectaient les roses, et rapprochaient souvent leur chaise du petit pavillon en octogone pour mieux entendre jouer Gil.

5.

Jorge habitait avec son fils Gil dans une ancienne épicerie qu'il avait entièrement réaménagée. Un trois-pièces avec couloir et buanderie. Plafond haut, sol recouvert d'un carrelage ancien, bleu et jaune, à motifs floraux, qui, descellé par endroits, bougeait en émettant un son de briques concassées. Gil avait très tôt été frappé par la ressemblance de ces carreaux de céramique avec ceux qui ornaient la pochette d'un disque trente-trois tours de fado. Où l'on voyait Manuel de Almeida, le chanteur, en costume, cravate noire sur chemise blanche, posant devant la tour de Belém. Mer gris fer. Ciel bleu chromo. Une frise d'azulejos encadrait l'image, comme sur le couvercle d'une boîte à biscuits. Ce disque était le cadeau d'un oncle, un frère de Jorge, qui habitait Uzès. Il l'avait adressé à toute la famille mais Gil, enfant, l'avait gardé dans sa chambre, l'écoutant deux ou trois fois par jour, plusieurs mois d'affilée, sur son tourne-disque valise.

Gil ignorait pourquoi ce disque avait produit tant d'effet sur lui. Dès les premiers accords de guitare – quel âge avait-il ? cinq ou six ans ? –, il avait senti monter en lui une étrange chaleur, un brusque afflux de sang.

6.

Un soir, Jorge était rentré chez lui les vêtements sales et trempés, avec une odeur de fumée incrustée dans les cheveux. Le feu avait pris dans l'arrière-salle du bureau de poste où il travaillait. Le feu avait été découvert vers cinq heures du matin. Les pompiers étaient intervenus vingt minutes plus tard. Ils étaient restés sur place toute la matinée. Les employés avaient été prévenus et réquisitionnés pour trier et mettre à sécher le courrier qui avait pu être sauvé, et chasser l'eau noire à l'aide de raclettes.

Ce soir-là, Gil était encore dans le pavillon. Il s'amusait à caler le rythme de la *Petite Suite* de Jan Neskens sur celui d'un

TGV qui passait tous les soirs à la même heure sur la voie ferrée d'en face. Son père entrouvrit la porte. Il n'attendit pas la fin du duo pour dire :

– On dînera un peu plus tard ce soir. Je dois me débarbouiller.

Gil s'interrompit et fit pivoter son tabouret de piano. Surpris de voir son père dans cet état, il lui demanda :

– Que s'est-il passé ?

Il n'eut pas de réponse.

Il faut dire que lorsque Gil parlait, la plupart du temps, sa voix n'était qu'un filet.

Jorge saisit la poignée de la porte. Et, en équilibre sur une jambe, passa juste la tête, pour tâcher d'entendre Gil qui, lui, avait l'impression de crier :

– Je te demande ce qui est arrivé.

– Il y a eu le feu au bureau de poste, répondit Jorge. Tu parles toujours dans ta barbe, comment veux-tu que je comprenne quelque chose.

Gil fit pivoter son tabouret dans l'autre sens. Il se ferma.

Jorge ajouta d'un ton sec :

– En attendant, je compte sur toi pour mettre la table. Les lasagnes sont déjà dans le four à micro-ondes.

Et il claqua la porte.

7.

Au cours du repas, Gil et son père n'échangèrent pas un mot. Ils pouvaient entendre les mouches voler.

Jorge s'était parfumé à l'eau de Cologne. Il avait les cheveux plaqués sur le crâne et les yeux un peu rouges. En se voyant dans le miroir de sa salle de bains, il s'était dit qu'il ressemblait de plus en plus à son grand-père de Lisbonne.

Au moment de se lever pour débarrasser, Jorge se mit à vouloir raconter une chose à Gil, apparemment anodine. Un poster punaisé sur l'un des murs de l'arrière-salle de la poste et qui représentait une plage des Maldives n'avait pas complètement brûlé. Il ne restait plus qu'une portion de ciel et une langue de sable fin devenues orange et bleue sous l'effet de la chaleur. Un large demi-cercle arrêtait l'image comme le bord noir d'une lune calcinée. Pour que Gil voie mieux, Jorge déplaça doucement son index dans le vide et dessina un grand C. Il avait l'extrémité des doigts et la peau à l'intérieur des mains creusées de petits canyons blanchâtres à cause des heures passées au contact de l'eau. Gil essayait d'imaginer les villas sur pilotis et les cocotiers flambant comme des torches.

Pendant ce temps, au fond du plat posé sur la table, le reste des lasagnes se figeait dans la béchamel.

Ce que Jorge ne dit pas à Gil, c'est qu'en arrivant au bureau de poste ce matin-là, malgré l'agitation et la fumée, il avait immédiatement reconnu le pompier qui, six ans plus tôt, était intervenu chez eux, auprès de Lucile, sa femme, la mère de Gil. Après qu'elle eut enroulé, une semaine durant, des bandes de gaze autour de tous les objets métalliques de la maison, et mordu sa kinésithérapeute, c'était lui, avec deux autres pompiers, qui l'avait conduite au pôle psychiatrique du Centre hospitalier de Melun. On l'avait gardée un mois dans ce service.

Puis ses sœurs (elles étaient nées de parents suisses) avaient trouvé pour elle une place dans une institution dépendant de l'Hôpital universitaire de Genève. Une grande maison dans un parc, le Domaine de Belle-Idée, où Jorge et Gil lui rendaient visite plusieurs fois par an.

C'est au moment où le pompier avait retiré son casque pour s'éponger le front et les cheveux que Jorge l'avait reconnu.

*

Le lendemain matin, Jorge, encore trop occupé par la remise en état du bureau de poste, n'accompagna pas Gil à la gare.

Il avait plu. Les pavés de la route du Prince luisaient.

Gil traversa le bois. La semelle de ses chaussures laissait des marques dans le sable. Parfois, seul le talon s'enfonçait, formant comme un sabot d'animal.

8.

Il faut que ça irradie véritablement. Voulez-vous me rejouer la cadence ?... Ne faites pas... mais... c'est ça... Je ne peux pas dire que j'aime beaucoup ça... tout le début est trop vite... C'est trop vite... Vous n'avez pas le temps matériel de... et puis vous exagérez beaucoup le *cédez* par exemple qui est tout de suite au début... celui-là... oui... Ne faites pas ça... et puis ici... ici c'est beaucoup trop ralenti... Cédez légèrement... vous ralentissez beaucoup trop quand ici... Vous jouez cela tellement lent que vous n'avez plus de place pour... *doooo ré*... pas plus lent que ça... et puis ne restez pas trop non plus... cela me semble bien assez...

Alors là, vous je vous félicite parce qu'il y en a très peu qui... On joue toujours... C'est toujours détaché... là c'est lié... li-é... Encore une fois votre début... La première fois, vous savez, j'ai dû me tenir à ma chaise pour ne pas vous arrêter... Voilà, très bien... Ne pressez pas... Vous pouvez essayer... Pas plus vite... Il y a un petit *ritornando*... rien du tout... Je n'ai pas pensé au métronome... Fournier 184... ne prenez pas Fournier... son enregistrement... surtout à l'époque... l'enregistrement probablement a fait... comment dire... galoper ça... 144 me semble déjà à la limite... Encore une fois... Voulez-vous reprendre ça?... Donnez la possibilité à ce thème... Je soupçonne beaucoup que le disque... Autrefois on laissait passer des choses... maintenant on peut reprendre plus facilement... Très bien... Faites également... le petit trait, là... très égal... Continuez... Ne pressez pas... ne pressez pas... Là maintenant... ça prend figure humaine, si j'ose dire... Ne pressez pas, ne pressez pas... Vous faites un ralenti un peu trop... Toutes les notes s'il vous plaît... il y a quand même de la musique dans ça… Crescendo crescendo crescendo… non, votre main… votre main gauche reste trop immobile… Il faut que vous ayez le temps… C'est ça… On peut parfaitement jouer le *si*… le *si* bémol comme ça… Et maintenant… Pas plus que ça… Voulez-vous reprendre ?… Heuééééé et chantez vos cinquièmes… qu'on entende les harmoniques… *Rééée do*… là… Sans heurter… sans heurter… naturel… Montez… c'est ça… voilà… Ralentissez… sans diminuer… là maintenant… très bien… que ce ne soit pas quatre fois la même chose… À peine… à peine prononcé… là… C'est surtout une question de… Ne jouez pas plus vite que ça… et prononcez… prononcez bien… Là nous ne sommes pas d'accord… Ah, c'est l'heure… Écoutez, il y a certaines choses extrêmement bien… mais le tempo de base me paraît beaucoup trop rapide… ou trop lent… Il faut que vous trouviez un rythme qui se prête au sentiment réel de cette œuvre.

9.

En arrivant dans sa chambre la première fois, Lucile n'avait pas supporté la lumière trop crue du néon au plafonnier. En montant sur un tabouret elle avait ôté le tube. Elle avait également rangé dans son armoire la lampe de chevet qu'elle trouvait laide. Le lendemain, elle avait demandé à ses sœurs de lui trouver des lampes en cristal de sel.

Le personnel trouva agréable l'ambiance feutrée de la chambre de Lucile, qui leur rappelait un peu celle d'un cabinet de radiesthésie.

Lucile se promenait dans les allées au sol de terre noirâtre. Elle ramassait des feuilles tombées qu'elle glissait ensuite entre les pages de livres qu'elle empruntait à la bibliothèque. Mais son grand loisir et sa joie consistaient, quand arrivaient les beaux jours, à chasser les papillons. Pour cela, elle disposait d'un filet (un bout de voilage fixé à un cerclage fiché au bout d'une tige de bambou) qu'elle avait confectionné avec le jardinier.

La direction organisait une fois par semaine des sorties qui consistaient le plus souvent en une excursion à Genève. Un minibus déposait les patients quai du Général-Guisan au pied de l'horloge à fleurs, ou au Marché aux puces. On leur offrait une boisson et une barre de chocolat. Ils avaient leurs habitudes. Certains s'installaient sur un banc face au lac, d'autres nourrissaient les canards. Au moment de partir, il fallait souvent retrouver l'un d'eux qui s'était perdu ou enfermé dans les toilettes.

10.

Gil voulait entrer au Conservatoire de Paris, rue de Madrid, où enseignait Vlado Blasko, un pianiste d'origine polonaise, grand pédagogue et interprète au jeu solaire. Tout le monde rêvait d'être admis dans sa classe. Les œuvres inscrites au programme étaient difficiles et très techniques. Marguerite Meyer avait accepté de prendre Gil deux fois par semaine à compter du mois d'août. Aussi lui avait-elle conseillé de partir quinze jours en vacances, et de profiter de l'été.

Gil avait dix-huit ans. Il venait de passer son baccalauréat au lycée de Melun et son permis. Il envisageait d'abord d'aller voir sa mère quelques jours à Genève. Ensuite il irait camper quelque part avec son ami Olivier. Un endroit où ils pourraient faire du kayak. Ils avaient évoqué les gorges du Verdon et le Queyras, mais ils hésitaient encore. Le père de Gil prenait ses congés en août. Il était d'accord pour laisser sa voiture en juillet.

Un soir, Gil et Olivier s'étaient retrouvés dans le pavillon pour étudier des topoguides. Olivier, qui aimait la montagne, trouvait idéal le camping de Château-Queyras. Gil ouvrit un autre guide : *Garrigues et concluses autour de Lussan*. Sur la couverture, on voyait un à-pic surplombant une rivière et des petits chênes verts sortant d'anfractuosités. Gil réussit à convaincre Olivier qu'il ferait meilleur dans le Midi, surtout s'ils campaient. Et que son oncle d'Uzès pourrait sans doute les héberger un jour ou deux dans sa maison en pierre du Gard.

11.

À Genève, il flottait une odeur d'ozone comme après un orage. Gil alla chercher chez un pâtissier de la rue Voltaire, à deux pas de la gare, un fraisier qu'il avait commandé par téléphone. Sa mère adorait ce gâteau. Il fit un crochet chez Manor pour acheter de quoi préparer un dîner. Puis il descendit à pied jusqu'au quai Turrettini et longea le quai des Bergues. Il s'arrêta un moment sur le pont de la Machine. Le lac Léman scintillait. Gil aimait contempler de cet endroit la rade de Genève avec ses hôtels et ses propriétés à la beauté un peu figée.

Place des Eaux-Vives, Gil prit le bus 9. Le terminus se trouvait exactement en face du portail d'entrée de Belle-Idée.

En six ans, Gil n'avait jamais vu autant de monde sur les pelouses ou se promenant le long des allées du domaine. Il s'agissait de patients et de visiteurs, mais aussi d'habitants des environs qui venaient simplement prendre le frais.

Gil reconnut un homme à la démarche souple qui occupait une chambre voisine de celle de sa mère. Il avançait en regardant les érables et les sapins. Il ralentissait puis fixait un point, sans bouger, comme un ruisseau qui s'arrête pour refléter.

Le fraisier avait un peu souffert dans le bus. De la crème mousseline s'était répandue sur le carton de la boîte, et des demi-fraises ornant le pourtour du gâteau s'étaient désincrustées à plusieurs endroits.

Lucile habitait dans une des maisons les plus anciennes. Chaque unité hospitalière portait un nom évoquant le monde végétal : Les Cèdres, Les Magnolias, L'Aubier. Une petite route goudronnée reliait les bâtiments entre eux. On y croisait des patients, habillés été comme hiver toujours un peu de la même façon, et le personnel du domaine qui circulait d'un lieu à l'autre à vélo.

Pour son anniversaire, Lucile avait fait des efforts. Elle avait choisi de porter sa robe fluide à imprimés cachemire et son collier en pâte de verre.

Elle attendait son fils, assise sur une chaise, devant une fenêtre ouverte. Elle se tenait immobile, une ombre lui dessinait un loup sur le visage.

Quand Gil arriva, elle l'embrassa et lui proposa un verre de sirop de sureau avec de l'eau minérale *frizzante*. C'était une sorte de rituel entre eux.

*

Le soir, Gil prépara sur une plaque chauffante des œufs brouillés aux cèpes accompagnés d'une petite salade.

Ils dînèrent sur le balcon.

Gil avait disposé un rond de bougies sur le fraisier. Lucile l'éteignit d'un seul souffle qui projeta des petites gouttes de cire bleue sur le dessus du gâteau.

Dans le soleil déclinant, on voyait encore quelques promeneurs qui se détachaient comme des silhouettes dessinées au fusain.

*

Hululements d'une chouette. Craquements des arbres du parc. Gil se réveilla toutes les deux heures. Il ne dormait jamais bien dans la petite chambre prévue pour les visiteurs.

Le lendemain matin, il trouva Lucile dans le parc, accroupie devant un parterre de fleurs. Il lui parla. Elle ne l'entendit pas. Il lui expliqua qu'il devait partir, qu'il ne voulait pas manquer son train. Elle était fascinée par la vision d'un papillon jaune et noir posé sur une grande marguerite.

Gil ouvrit sa main droite devant son menton comme une petite piste de lancement. Il lui souffla un baiser, et s'en alla.

12.

Dans le TGV, Gil fut à nouveau envahi par la musique. Elle se jetait parfois sur lui comme une vague. Il n'avait pas besoin de partition pour réentendre les notes du dernier morceau qu'il avait travaillé. Il en jouait intérieurement des passages.

Il se mit à pleuvoir.

Gil était assis côté fenêtre, les mains posées sur ses cuisses. La tablette du siège était relevée. Une tension partant d'un point situé entre ses omoplates parcourait ses bras, ses poignets, ses doigts, les os de son crâne. Il se mit à enfoncer les touches d'un piano imaginaire. En face de lui, un homme lisait son journal.

Après la gare de Dijon, le train ralentit, avança au pas puis s'immobilisa. Stries d'eau de pluie sur les vitres. Les haut-parleurs diffusèrent des annonces.

L'homme qui lisait tira d'un coup sec son journal pour le plier. Il respirait fort.

La pluie redoubla. Bientôt suivie par des grêlons. Puis le train repartit.

Gil cherchait encore des nuances, au milieu des conversations et des cris d'enfants surexcités. Et malgré les secousses de cette coquille de carbone, de verre et d'acier, lancée à toute allure à travers la campagne humide.

13.

La R16 beige sortait de la révision. Jorge recommanda tout de même aux garçons de ne pas faire le voyage jusqu'à Uzès d'une seule traite. C'était la mi-juillet. Olivier aidait son frère aîné qui bâtissait une maison en rondins de bois dans les hauts de Thomery. Il faisait une chaleur caniculaire.

Gil venait de rentrer de Genève. Il passa une journée à mettre de l'ordre dans le pavillon. Il classa des partitions, tiraillé entre l'envie de se remettre au piano et la résolution qu'il avait prise de s'accorder de vraies vacances.

Il entendit que son père l'appelait :

– Gil ? Tu es là ?

Jorge était dans l'ombre formée par un nuage sur la pelouse du jardin. D'une main, il essuyait son crâne avec un mouchoir, de l'autre, il tenait une pile de cartes routières aux pliures cassées. Gil ouvrit la porte du pavillon.

– Elles ne datent pas d'hier mais cela vous sera peut-être utile, lui dit Jorge en lui tendant les cartes. Je ne pense pas qu'ils aient retracé toutes les routes en dix ans.

Le lendemain après le dîner, Gil et Olivier rassemblèrent leurs affaires – une tente, deux sacs de couchage, une grande valise beige en plastique souple – et les rangèrent dans le coffre.

Ils prirent la route à quatre heures du matin. Le village dormait. Dans la lumière orangée d'un globe d'éclairage public un essaim d'éphémères vibrait.

Pas une voiture sur la route. Le faisceau des phares pétrifiait la forêt. Yeux brillants d'un petit renard une seconde à l'arrêt, ébloui, puis fuyant.

Gil conduisait pieds nus dans des tennis de toile. Olivier sentait la colle à bois.

Jorge avait préparé pour les garçons du taboulé avec des dés de tomates. Le tupperware penché laissa échapper un peu de vinaigrette qui coula sur la tente.

14.

Le jour se levait lentement. Un trait fin de lumière dessinait l'horizon. Gil et Olivier s'arrêtèrent dans une station-service. Parking désert. Les premiers rayons de soleil enflammaient les toits et murs des bâtiments. Dans la boutique, un couple hésitait devant les eaux minérales. Gil et Olivier burent un café au goût de carton.

Gil déplia une carte routière exposée sur un présentoir pour vérifier que celle dont il disposait n'était pas obsolète. Il suivit le tracé quasi rectiligne de la nationale 6 aux abords de Sens. Olivier s'approcha. Ils observèrent les sinuosités de l'Yonne et une suite de petits lacs bleu ciel.

Peu avant Chalon-sur-Saône, Olivier, qui avait pris le volant, proposa de quitter la nationale pour pique-niquer dans la campagne. Ils prirent la direction de Mellecey.

Comme ils roulaient à moins vive allure et qu'il faisait bon, Gil baissa complètement la vitre de son côté.

C'était une journée ensoleillée. Les champs étaient mouchetés de coquelicots et de bleuets. Gil avait d'abord posé le coude au milieu de la ligne laissée par la vitre baissée, l'avant-bras orienté vers le haut de la portière. Au même moment, Olivier alluma l'autoradio. Un Blaupunkt noir d'occasion que le père de Gil avait lui-même installé. Souffle et sifflement faible des ondes courtes. Olivier appuya sur la touche M et tourna le bouton des fréquences. Gil venait de faire pivoter son avant-bras vers l'extérieur. Il tenait la main ouverte en éventail et bougeait doucement les phalanges. Du vent chaud arrivait des champs, apportant par bouffées une senteur de trèfle et de silex. Gil jouait de la résistance de sa main au contact de l'air. Tout en tâchant de fixer la route, Olivier continuait de déplacer de gauche à droite, dans une forêt de lignes et de chiffres, la petite barre verticale rouge orangé permettant la sélection manuelle des plages. Sautes de sons. Grésillements. Il l'arrêta sur 96. Olivier venait de reconnaître une chanson des Smithsonians qu'ils adoraient tous les deux.

Dehors les blés ondulaient comme une mer houleuse. Épis barbus, certains encore verts.

Gil se mit à chanter.

15.

Olivier n'en était pas revenu. Il s'était tourné vers Gil, très troublé, comme pour vérifier que c'était bien lui qui chantait. Gil d'ordinaire si réservé. Si blotti en lui-même. Qui parlait toujours bas. Que l'on faisait répéter tout le temps.

La voix du chanteur des Smithsonians avait été immédiatement éclipsée par celle de Gil. Une voix à la fois plus puissante et d'une étrange limpidité.

Gil, lui-même un peu surpris, alla au bout de la chanson qu'il savait par cœur, couplets et refrain. Il reconnaissait sa voix, son timbre et sa hauteur. Mais quelque chose en elle avait changé. Il ne savait pas dire quoi. Après le dernier refrain, la musique continua quelques secondes. Guitares et batterie ensemble puis s'arrêtant dans un brusque suspens. Une seconde après, la radio diffusait déjà une autre chanson.

Gil passa la main dans ses cheveux avec un sourire vaguement gêné. Olivier presque choqué dut faire un effort pour se concentrer sur la route.

Le chant de Gil constitua immédiatement pour eux deux un grand mystère.

*

Gil et Olivier s'arrêtèrent à Mellecey sur une place, à l'ombre de hauts platanes. Ils eurent de la peine à avaler leur taboulé trop sec. Ils avaient les yeux rougis par la poussière de feuilles tombées que soulevaient des petites bourrasques.

*

Les deux garçons reprirent la route. Un peu fatigués par leur voyage, ils restèrent silencieux jusqu'à Uzès.

16.

L'oncle de Gil avait une figure à la fois jeune et vieille avec des fossettes d'enfant et des rides. Cheveux gris épais. Des lunettes rondes cerclées de métal. Le teint hâlé toute l'année. La joue et le menton presque toujours marqués de petites blessures parce qu'il ne pouvait pas se raser sans se couper.

C'était l'aîné des frères de Jorge. Il avait quitté le Portugal à dix-neuf ans. Après avoir accepté des petits boulots de toutes sortes à Paris puis à Tours, il avait eu l'idée de créer un parc de loisirs au bord d'un étang dans la Brenne. Il en avait assuré la direction et l'intendance pendant vingt-cinq ans. En vieillissant, il n'avait plus supporté la pluie et l'humidité. Du jour au lendemain, il avait tout vendu pour acheter une maison étroite dans le centre d'Uzès, qu'il avait rénovée lui-même. Il y vivait seul et était un peu secret sur sa vie.

– Vous pouvez déposer vos affaires dans la chambre du premier, dit-il aux garçons. Ensuite, rejoignez-moi sur la terrasse. Il y a de l'air aujourd'hui.

Gil et Olivier entrèrent dans la petite pièce aux poutres peintes en bleu clair. Parquet en pin. Deux lits jumeaux étaient disposés de part et d'autre d'une fenêtre.

L'oncle demanda, du rez-de-chaussée :

– Vous voulez des draps et des couvertures ? L'air se rafraîchit la nuit, c'est traître.

– Oui, dit Gil, volontiers.

– Moi, je dormirai dans mon sac de couchage, répondit Olivier, qui admirait une armoire aux panneaux sculptés de roses.

⋆

De la terrasse, on apercevait la cathédrale Saint-Théodorit avec son clocher rond, et la tour de la Vigie.

Ombres courtes. Chaleur de four.

L'oncle disposa sur une table ronde en fer des verres à orangeade et une carafe remplie d'eau et de glaçons. Il avait tout transporté dans un panier en osier.

Puis, tel un prestidigitateur sûr de son effet, il souleva un torchon qui protégeait un gâteau.

– C'est un *broyé*. Vous connaissez?

Gil et Olivier firent non de la tête.

– Ce n'est pas du tout une spécialité locale. Cela vient plutôt de la Touraine. Attention.

L'oncle visa un point. La monture de ses lunettes brillait au soleil. Il plaça sa main au-dessus du gâteau et le brisa avec le poing. Des miettes sautèrent un peu partout et tombèrent au sol car le plateau de la table était ajouré.

Le dossier des chaises chauffait la peau à travers les tee-shirts. Les gouttelettes d'eau qui s'étaient formées sur la partie supérieure de la carafe s'évaporaient.

– Servez-vous, demanda l'oncle, l'index et le pouce pinçant le rebord de l'assiette, et donnant de petits coups secs pour rassembler les bouts de gâteau épars.

– Je vous ai réservé un emplacement au camping de Remoulins. Le point de vue est idéal sur le pont du Gard.

– Tu es parfait, remercia Gil. Si tu nous gâtes trop, tu sais, on va rester chez toi.

L'oncle souriait tout en appuyant sur les miettes de gâteau qui n'étaient pas passées au travers de la table. Elles s'incrustaient dans la pulpe de son doigt. Il les portait ensuite à sa bouche, sur sa petite langue pointue de lézard.

*

Olivier lisait allongé sur son sac de couchage. Gil laissait ses pensées suivre le rythme et les lignes irrégulières des poutres peintes au plafond.

Olivier tombait de sommeil. Il posa son livre sur une lame noueuse de parquet. Il ferma les yeux. Il réentendait les paroles de la chanson des Smithsonians et la voix de Gil.

17.

Pour accéder à la rivière, il fallait marcher un moment sur des bancs de galets. Gil regardait où il posait ses orteils.

Rayons de soleil brûlants et mous. Brise légère. Escorte d'abeilles.

Olivier était sur la rive, adossé à un muret de pierres sèches. Short vert passé. Torse nu, plié en avant, son tee-shirt noué en turban sur la tête, il égalisait ses ongles avec un coupe-ongles. Un bouquet de bambous bruissait un peu plus loin.

Gil continuait d'avancer avec précaution. Soudain, il glissa sur un galet, perdit l'équilibre et tomba dans l'eau.

Il se redressa tout de suite. Et s'écria :

– Elle est gelée !

Gil sentait le froid lui serrer les chevilles.

Le bruit de l'eau couvrait sa voix. Olivier n'avait rien entendu. Gil l'appela :

– Olivier !

Olivier leva la tête.

– Quoi ?

– L'eau.

– Oui ?

– Elle est archifroide ! On ne tient pas cinq minutes.

– On mettra nos combis.

Au moment où il parlait et projetait sa voix pour être entendu, Gil s'étonna de l'acoustique étrange de cet endroit. Il se demanda si c'était le talus sur l'autre rive ou l'eau qui modifiait le son.

Il se tourna un peu sur le côté pour qu'Olivier ne pense pas qu'il continuait de s'adresser à lui. Il cria encore, en tenant la note. Le son vibrant dans l'air lui fit une étrange impression. Comme lorsqu'il avait chanté dans la voiture. Mais cette fois avec de l'écho. Ce qu'il sentait, provenant de sa gorge, de sa poitrine, de tout son corps, fusait avec une force inaccoutumée dans le silence du ciel. C'était comme un pouvoir qu'il découvrait soudain.

Il oublia qu'il avait froid.

★

Olivier avait levé la tête. Il avait entendu la note. Il avait pensé au cri bizarre d'un oiseau. Puis il s'était replongé dans sa lecture.

De minuscules araignées rouges avançaient sur les pierres sèches.

Un aigle tournait en rond dans les hauteurs de l'air. Il inclina doucement ses ailes. Vira.

★

Ils observaient la lune en face d'eux, rousse, ronde, qui les regardait. Ils étaient assis sur la pelouse jaunie du camping. Un vent frais s'appliqua soudain sur leurs épaules.

Ils entrèrent dans la tente.

La lampe à gaz diffusait une lumière blanche qui attirait les insectes et donnait aux visages un air maladif. Des auréoles de gras maculaient la toile à plusieurs endroits.

– Tu as entendu ? Ce roulement ? demanda Olivier.

Gil s'enduisait le cou et les bras d'essence de citronnelle.

– C'est le tonnerre.

Un quart d'heure plus tard, un orage terrible éclata. Le vent poussait la toile et faisait ployer les arceaux qui soutenaient la tente. Le fracas du tonnerre se rapprochait.

Le double toit était trempé. Gil et Olivier sentaient le sol devenir boueux sous la bâche. Ils se croyaient dans l'eau et dans le feu.

La foudre tomba quelques mètres plus loin sur un arbre, causant un bruit épouvantable. Une explosion sèche et horizontale. Une lourde planche s'abattant et laissant après elle un silence total. Un silence de fin du monde, comme si aucune chose n'existait plus nulle part.

★

L'orage s'intensifia puis s'éloigna vers l'ouest.

★

Les deux garçons, après trois jours de canoë-kayak, rentrèrent les bras et le visage cramoisis. Et une collection de souvenirs en tête qui se détachaient comme en relief.

Le chant de Gil était une énigme qui brillait devant eux.

18.

Gil reprit ses cours de piano début août. Il se rendait deux fois par semaine chez Marguerite Meyer à Paris. Il passait huit heures par jour dans le pavillon. Il réécoutait les cours qu'il enregistrait sur un petit magnétophone.

Régulièrement, il s'arrêtait. Se levait. Ouvrait la fenêtre qui donnait sur le fleuve. Il posait ses mains sur la rambarde à la peinture craquelée. Il observait les péniches et les draps fixés aux cordes à linge qui gonflaient comme des voiles. Il se revoyait enfant, au bord de l'eau, en contrebas des maisons, dissimulé derrière des branches, visant avec des cailloux la coque d'une péniche ou la vitre de la cabine. Il revoyait aussi l'air furieux des mariniers sortant sur le pont parce qu'ils avaient entendu un impact.

Puis Gil se réinstallait au piano, fixait les signes noirs et blancs de la partition pour en tirer des couleurs.

★

Selon Marguerite Meyer, dans la *Fantaisie opus 16* de Louis Duhamel, le jeu de Gil était déjà assez délié. Le son se formait mieux au creux de sa main, mais le texte n'était pas encore assez su.

Les épreuves du concours étaient en juin.

★

L'année fut très studieuse. Acharnée même. Olivier n'osait même plus téléphoner à Gil.

Au mois d'avril, Gil traversa une période de découragement.

★

Giboulées de mars en mai. Gammes ascendantes en *ré*.

★

Depuis l'été, quand Gil jouait, il s'accompagnait en chantant. C'était une grande nouveauté.

19.

Lors de la dernière leçon avant le concours d'entrée au Conservatoire, Gil joua à son professeur l'intégralité de son programme : la *Fantaisie opus 16* de Louis Duhamel, *Lindaraja* d'André Touraine. Et le premier mouvement de la *Sonate* de Leczinsky.

Gil tournait lui-même les pages de la partition. Il les avait cornées au préalable. Il était tendu. Son geste au moment de tourner une page pouvait être un peu brusque. Certaines mesures s'entendaient dans un grand bruit de papier.

À la fin de la *Sonate*, Gil resta immobile, avec ses yeux liquides, comme étales.

Après un tel effort de concentration, ils semblaient se vider.

Marguerite Meyer retira ses lunettes et les rangea dans leur étui en disant :

– Parfait. Vous avez raté toutes les octaves aujourd'hui, ce ne sera donc pas pour le jour du concours. Vous les réussirez très bien.

20.

Au métro Villiers, Gil sentit une tension dans le coude droit. Rue du Rocher, il eut des fourmis dans les mains. À l'angle de la rue de Rome, il croisa le regard de François, le libraire de la Flûte de Pan qui réorganisait les partitions exposées dans la vitrine. François savait que c'était la période des concours. Il adressa à Gil un sourire complice. L'expression que Gil lut sur ce grand visage tranquille l'aida à retrouver une respiration plus calme et chassa une nouvelle petite douleur qui, à l'approche de la rue de Madrid, commençait déjà à lui comprimer le haut de l'abdomen.

Les épreuves se déroulaient au premier étage du Conservatoire, salle Charles-

Samson. Les murs étaient ornés de fresques néoclassiques. Les neuf Muses autour d'une source. Décor de palmiers et de lauriers avec des nuages étirés flottant comme des îles dans le ciel.

Gil joua bien. Un jeu souple, coloré. Les membres du jury occupaient des places aux deux premiers rangs, côté droit, afin de voir ses mains.

Le visage de Gil était mobile, passant en quelques secondes de la pure lumière à une sorte de nuit.

De temps en temps, des membres du jury parlaient entre eux à voix basse. Un regard curieux, venant de plus loin, presque du fond de la salle, transperça Gil comme une aiguille.

À la fin du dernier morceau, il y eut un silence. Gil entendait son cœur battre. Il avait de l'eau trouble dans les yeux.

Une voix le remercia. Il se leva et sortit de la salle, l'air un peu égaré. Surtout, sans voir son professeur assis dans le public, qui lui avait adressé un signe appuyé de la tête en guise de félicitations.

*

Gil attendit l'affichage des résultats dans un café rue de Rome. Il but un Vittel grenadine au rouge surchimique. Il resta là tout l'après-midi. Recueillant encore en lui l'écho des notes qu'il avait jouées. Il était trop fatigué pour rien faire.

À dix-huit heures, Gil traversa la rue. Il marchait avec des jambes de coton.

Il fut reçu premier nommé au Conservatoire.

21.

Grâce à une petite annonce qu'il avait lue à la Flûte de Pan et une bourse qui lui avait été allouée pour trois ans, Gil avait pu emménager, dès le mois de juillet, rue de Liège, dans une ancienne chambre de bonne équipée d'une douche et d'un coin cuisine. L'unique fenêtre avait un balcon d'où l'on voyait les toits de zinc et la rue.

Il n'y avait pas de place pour un piano droit. Au Conservatoire, deux salles de musique étaient mises à la disposition des élèves qui ne pouvaient pas travailler chez eux.

Gil prétexta des travaux de peinture dans sa chambre et un programme de rentrée très lourd pour ne rentrer que le weekend du 15 août chez son père.

Au Conservatoire, Gil se lia d'amitié avec Junichi, un Japonais originaire de Tokyo, qui, lui aussi, avait été reçu en première année dans la classe de Vlado Blasko.

Ils se promenaient ensemble dans Paris. Sur les quais le long de la Seine. Dans le Quartier latin. Ils se nourrissaient de sandwichs et d'œufs durs qu'ils mangeaient debout au comptoir des cafés. Gil apprit à Junichi à fendiller la coquille des œufs en la tapant d'un petit coup sec contre le zinc. Au musée du Louvre, ils regardèrent longuement ensemble un tableau d'un peintre flamand représentant un homme dans un intérieur sombre, avec devant lui des pièces d'or et un petit miroir bombé qui réfléchissait ce qui passait dans la rue.

Le concierge du Conservatoire avait tout de suite trouvé Gil et Junichi particulièrement sympathiques. À la mi-août, il leur confia un jeu de clés pour quinze jours. Le bâtiment, à cette période, était désert. Gil et Junichi pouvaient travailler les fenêtres ouvertes, le couvercle du piano levé. Le soleil en déclinant éclairait les cordes et la table d'harmonie de ses rayons obliques.

*

Lucile, un peu perturbée d'imaginer à distance la nouvelle vie que menait son fils, voulut à tout prix venir à Paris. Un après-midi, elle fugua. On la retrouva assise à l'arrêt du bus, flottant dans une chemise de nuit. Une écharpe écossaise nouée autour du cou. Pieds nus dans des bottes en cuir.

On l'installa quelques jours dans une chambre bouclée à double tour, avec un traitement qui la mit complètement à plat.

22.

Le jour de l'accueil des nouveaux élèves, Vlado Blasko était venu au-devant de Gil. Il l'avait entendu dans la *Sonate* de Leczinsky lorsqu'il l'avait jouée au concours.

– J'ai aimé votre jeu transparent et fouillé, dit-il. Vous laissez entendre chaque note, sans forcer. Même du fond de la salle, cela sonnait très bien.

Il accepta Gil dans sa classe.

Vlado Blasko était né en 1912 à Varsovie d'un père juif polonais et d'une mère russe. Il s'était installé en France en 1946 après avoir passé la guerre en Suisse, à Saint-Cergues, au-dessus de Nyon. Ses parents avaient été arrêtés par la Gestapo à

Divonne-les-Bains tandis qu'ils tentaient de rejoindre leur fils. On lui avait rapporté que sa mère était morte de peur dans un train plombé approchant de Ravensbrück. Et que son père avait contracté le typhus dans le camp de Natzwiller.

Il avait joué avec les plus grands orchestres. Le compositeur Henry Viollet lui avait dédié son *Concerto en* sol.

Il n'était pas très âgé mais sa maigreur le vieillissait. Ses mains en particulier semblaient avoir précocement fondu. Elles étaient comme réduites. C'était à se demander même comment elles pouvaient être encore aussi précises et puissantes sur les touches du clavier.

Il avait dans le cou, exactement le long de la nuque, une tache de vin. Lorsqu'il jouait, certains voyaient une tête qui saigne.

★

Lorsque avait lieu sa classe, Vlado Blasko arrivait toujours en avance. On l'entendait travailler. Il remontait le clavier en échauffant l'articulation de chaque doigt : 1, 2, 3, 1, 2, 3, 1, 2, 3 ; 3, 4, 5, 3, 4, 5… Ensuite il redescendait : 5, 4, 3, 5, 4, 3 ; 3, 2, 1… Lentement, très égal. Après, à toute vitesse.

Chaque élève présentait un morceau devant les autres. Ils devaient le jouer par cœur, avoir appris d'une fois sur l'autre les nouveaux doigtés et les indications écrites à même la partition au stylo-bille bleu ou rouge, toujours tracées à la hâte, d'un geste tellement nerveux qu'elles apparaissaient en braille au verso.

Vlado Blasko trouvait que Junichi avait un jeu trop précipité.

– Le son que vous produisez doit être préparé mentalement, lui disait-il avec son léger accent polonais. On n'attaque pas les notes au petit bonheur la chance. C'est sa pensée que l'on projette sur le clavier.

Gil se trompait souvent dans ses doigtés. Vlado Blasko lui demandait :

– Est-ce vraiment cela que vous a indiqué Marguerite Meyer ?

Puis il soulevait doucement au-dessus du clavier sa main desséchée comme une main de pharaon, en disant :

– Ce ne serait pas plutôt… ?

Et il reprenait le passage.

– Comme ça, voyez, c'est tellement plus simple.

23.

Le cursus de piano au Conservatoire en première année comprenait, en plus des cours de contrepoint, d'histoire de la musique et de lecture à vue, trois heures hebdomadaires de chant choral. Les élèves de toutes les disciplines instrumentales étaient censés s'y retrouver. Mais comme le cours était optionnel et que, pour la plupart des élèves, il s'agissait d'un pensum, il n'y avait pas grand monde.

Jacques Kiepfer, le professeur, était un baryton, membre de l'Ensemble Spirale et du Chœur Azénaïde. Il organisait des auditions chaque année à la mi-septembre pour écouter les nouvelles voix et constituer les pupitres.

Un matin, Gil fut convoqué dans une salle assez exiguë. Jacques Kiepfer était encore avec une élève, une violoncelliste convaincue de chanter faux. Tout en continuant d'écouter la jeune fille qui faisait des vocalises, Jacques Kiepfer fit signe à Gil de s'asseoir sur la mini-banquette qui se trouvait au fond de la salle. Gil découvrit le visage du professeur. Sourcils très arqués. Yeux bleu profond. La jeune fille se tenait droite, les bras le long du buste. Cheveux bruns lissés. Elle portait un tee-shirt noir assez court en stretch. Gil voyait le ventre de la jeune fille gonfler et former une sorte d'île mouvante au-dessus du pubis. Ses bras luisaient de sueur et les coins d'un mouchoir dépassaient de son poing fermé.

La voix de l'élève était instable. Elle tremblait par moments. Mots d'encouragement du professeur. L'élève déglutit. Ses sourcils se rejoignirent en un froncement. Elle emplit d'air son ventre puis ses côtes. Elle reprit les vocalises en détachant chaque note, avec un mélange de détermination et de prudence, comme si elle posait le pied sur les marches d'un escalier sans rampe, trop vertigineux ou branlant mais qu'elle aurait décidé gravir jusqu'en haut sans trembler.

C'était beaucoup mieux. Clair, mené avec plus de fermeté. L'élève sourit. Cela lui éclaira le visage et tira légèrement en arrière les lignes enroulées du pavillon de son oreille.

Gil savait que la fin de la leçon approchait. Qu'il allait devoir se lever, parler un moment, et donner à entendre sa voix. Une sorte de décharge électrique lui traversa la nuque jusqu'au milieu des omoplates.

★

La leçon dura une demi-heure. Jacques Kiepfer demanda à Gil de chanter simplement les notes qu'il lui jouait au piano.

Il fut immédiatement frappé par la justesse et les possibilités de la voix de Gil. Notamment dans les aigus et les médiums.

Jacques Kiepfer enchaîna plusieurs notes qui formaient une mélodie. Gil la reproduisit avec une certaine aisance. Jacques Kiepfer s'arrêta net au milieu d'une nouvelle phrase, se tourna vers Gil et lui lança avec une expression de curiosité incrédule :

– Dites-moi, pour une voix naturelle, c'est plutôt bien. Vous saviez au moins que vous étiez ténor ?

– Non, répondit Gil.

– Justement, j'en cherche pour la chorale.

Jacques Kiepfer fouilla dans sa sacoche en cuir et en tira le planning de répétitions du premier semestre qu'il tendit à Gil, en lui disant :

– Ne manquez pas la séance de jeudi soir, on choisira ensemble le répertoire que nous allons chanter les mois prochains.

Il regarda Gil d'un air enjoué, et ajouta :

– Ne vous en faites surtout pas pour la technique. Les exercices ne sont pas sorciers. Une voix comme la vôtre, ce n'est pas courant. Vous verrez, vous allez vite progresser, vous serez étonné. Puis il lui serra vigoureusement la main.

Gil rentra chez lui un peu déboussolé. Il monta deux par deux les marches jusqu'au sixième étage. Il était essoufflé. Il avait chaud.

Il remplit un verre d'eau au robinet du lavabo et s'assit sur le bord de son canapé-lit.

Il accorda une attention particulière au trajet de l'eau dans sa gorge. Il posa sa main sur son cou, toucha une zone cartilagineuse en se demandant s'il s'agissait du larynx. Dans une zone plus souple, il sentit comme un léger relief et un battement sous ses doigts. C'était son pouls. Là où palpitait sa carotide.

24.

Un lundi après la classe de Vlado Blasko, Gil se rendit dans l'une des salles de répétition et souleva le couvercle du piano. Il resta debout sans jouer. Il sentit quelque chose en lui se déplacer.

Il se mit un peu sur le côté du piano et se lança dans quelques-uns des exercices que Jacques Kiepfer lui avait appris pour se chauffer la voix. L'un se pratiquait bouche fermée. Il consistait à produire des sons assez sourds pour propager de légères vibrations, de menus chatouillis, des lèvres vers le menton, le nez, la naissance des oreilles, jusqu'aux sinus. Un autre exercice était plus spécifiquement destiné à réveiller le masque.

Il fallait soulever les pommettes le plus haut possible, étirer les zygomatiques en faisant *i*, puis relâcher les muscles du visage et de la mâchoire en faisant *a*. Plusieurs fois de suite, en exagérant la grimace.

Gil revoyait le long visage du professeur de chant. Sa peau un peu grise et grenue. L'élasticité de ses traits au moment où il montrait l'exercice.

Gil se rapprocha du piano et joua un *do*. La note se décrocha du silence. Gil tâcha de conserver en lui le son.

Il revint à sa place. Posa les mains sur ses côtes et respira un moment par le ventre.

Il fixa un point sur un mur en face de lui pour se concentrer.

Il inspira. L'air comprimait ses poumons. La sensation était celle qu'il éprouvait lorsqu'il bloquait sa respiration pour chasser un hoquet. Il effectua une première série de vocalises. Il trouva les sons trop volatils ou trop durs.

Gil s'arrêta à un *la*, très voilé, presque blanc, avec le sentiment qu'il s'agissait pour lui d'un cap infranchissable.

*

À la puberté, la voix de Gil avait mué très progressivement, demeurant dans un registre assez aigu. Comme il avait grandi tout d'un coup, Gil avait été davantage troublé de ne plus retrouver les mêmes sensations, la même proximité avec les objets. Il avait l'impression de se tenir toujours un peu courbé.

25.

Sous le clair de lune, la Seine avait une teinte gris métal. Ciel lavis noir très dilué. Nuages aux contours arrondis. Un peu de brume brouillait une petite plage de cailloux sur la berge d'en face et, au loin, l'endroit où le lit du fleuve fait un coude dans la forêt.

Gil se tenait devant la fenêtre ouverte du petit pavillon. La rambarde brillait d'humidité.

Les élèves de la classe de piano étaient repartis chez eux pour les vacances de Noël avec un programme difficile.

Le premier soir, Gil alla se coucher sans avoir joué une note.

Dans ses draps froids, il réfléchit aux

six mois qu'il venait de passer à Paris. À la distance qui le séparait maintenant de Thomery, du petit pavillon et du rez-de-chaussée au carrelage posé en damier. Il s'endormit un bras replié en angle droit au-dessus de sa tête, comme surpris au milieu de ses pensées.

Un peu de lune glissait par l'entrebâillement d'un volet et repoussait les ombres.

Dans le jardin, les tiges nues des rosiers grimpants semblaient saisies par un coup de flash au magnésium.

*

Les jours suivants, Gil roda son programme sans conviction. Il préféra jouer au tarot et discuter en mangeant des pistaches salées avec son ami Olivier, qui maintenant habitait Vierzon où il préparait un BTS électrotechnique. Et qui, lui aussi, était venu passer une semaine à Thomery pour les fêtes.

26.

Un soir de la fin janvier, après la répétition de la chorale, Jacques Kiepfer demanda à Gil de l'attendre un moment.

Ils marchèrent ensemble dans les couloirs du Conservatoire. Jacques Kiepfer commença par féliciter Gil de ses progrès. Il lui dit qu'il avait été frappé par son interprétation de la partie pour soliste dans la *Cantate profane* de Philip Toop.

– Quelle évolution. En si peu de temps.

Au milieu de l'escalier, il s'arrêta. Comme soulevé par une sorte d'allégresse, il regarda son jeune élève et lui dit :

– Vous ne voudriez pas essayer d'entrer dans la classe de chant ? J'ai déjà parlé de vous à Lucienne Franck. Je pense qu'elle vous accepterait en première année.

Gil répondit avec un haussement d'épaules :

– Mais je n'ai pas du tout le niveau. Et Vlado Blasko ne me laissera jamais partir comme cela, en cours d'année.

– Détrompez-vous. Je vous trouve très au-dessus de la plupart des élèves qui se présentent en juin à la classe de chant. Et vous devriez parler avec Vlado. Vous verrez bien ce qu'il vous dira. À mon avis, vous serez étonné, répondit Jacques Kiepfer, le visage souriant, plein d'une tranquille assurance.

Gil quitta la rue de Madrid, à la fois ébranlé et ravi par cette conversation. Il baissa la tête pour se protéger de l'air vif qui lui fouettait le visage. Il marchait vite. Les rafales de vent brouillaient les distances.

Gil passa la nuit à se tourner et se retourner dans son lit.

*

Chanter enthousiasmait Gil. Quelque chose en lui se transformait. Il pressentait un monde qui l'attirait. Mais comment abandonner le piano qu'il travaillait depuis son plus jeune âge. L'instrument avec lequel il faisait maintenant presque corps.

Un matin, en se rendant au cours de solfège Gil fut saisi, devant l'étal d'une poissonnerie, par l'étrange vision de homards, s'aidant de leurs pinces bleu sombre, mates, et comme piquetées de rouille, leur extrémité bloquée par des élastiques, qui bougeaient lentement, se soulevaient, en faisant crisser les parois de leur caisse en polystyrène. Comme des fossiles tâchant de s'extraire.

Le cours de solfège parut interminable à Gil. En attendant la classe de piano qui avait lieu quelques heures plus tard, il rentra chez lui et s'allongea. Il se demandait comment il allait s'y prendre pour expliquer les choses à Vlado Blasko.

Il revoyait le corps lourd des homards et leurs efforts pour se dégager.

★

Au cours de Vlado Blasko, Gil demanda à passer en dernier. Il joua le *Prélude et fugue* de Cornelius. Il n'était pas très content. Son cœur battait et il avait le plexus noué.

Dès la neuvième mesure, Vlado Blasko arrêta Gil pour lui dire :

– *Leicht*, *zart*. Ce n'est ni léger ni tendre. Il y a quelque chose de coincé dans votre jeu.

– Oui, je sais. Ça ne va pas du tout, reconnut Gil.

Vlado Blasko comprit tout de suite qu'il s'agissait de quelque chose de sérieux. Il se tourna vers les autres élèves de la classe et dit :

– La leçon est finie, vous pouvez sortir.

Au milieu du bruit des chaises que l'on déplaçait Vlado Blasko posa sa main sur l'épaule de Gil qui s'apprêtait à se lever :

– Non, vous, vous restez. Nous allons discuter.

27.

Une lumière bleutée provenait des fenêtres du couloir. Le jour tombait lentement. Il n'y avait plus personne.

Gil était resté paralysé. Le sang se retirait de sa tête.

– Vous semblez perturbé depuis quelque temps, dit doucement Vlado Blasko.

– C'est vrai.

– Avez-vous des ennuis ?

– Non… plutôt, je m'interroge.

– Tant mieux. Rien de pire que les élèves qui passent leurs trois ans d'études sans se poser aucune question.

– Je…

Gil s'arrêta puis reprit son élan comme un nageur tâchant de vaincre sa peur au sommet d'un plongeoir trop haut.

– Je pense que je vais peut-être quitter la classe.

Vlado Blasko fronça les sourcils. Il changea de visage.

– C'est une nouvelle, en effet.

Gil avala sa salive. Il eut soudain la bouche sèche.

Le bleu dans le couloir avait foncé. La barre de seuil en laiton de la porte luisait, séparant deux mondes.

– Puis-je vous demander pourquoi ?

– J'envisage de me présenter dans la classe de chant.

Vlado Blasko sourit, comme soulagé. Ses yeux s'illuminèrent, il se tourna vers Gil, qui semblait décomposé :

– À la bonne heure ! C'était donc cela ? Sa main graphique accompagnait ses phrases.

Il se leva.

– Vous savez, ici ce n'est pas une usine à fabriquer des pianistes. Dans ma classe, je forme des *musiciens*. Vlado Blasko prononça ce mot avec simplicité et force. Gil crut l'entendre pour la première fois.

– Qui sait, vous ferez peut-être un très bon chanteur. Présentez-vous à la classe de Lucienne Franck. C'est avec elle qu'il faut travailler.

Il y eut un silence.

Vlado Blasko tendit sa main à son élève. Gil était encore blanc. Mais le haut de ses joues reprenait des couleurs, sous la forme de marbrures. Il avait conscience de vivre un moment important.

28.

Réveil difficile. Cou froissé du matin. Gil se prépara. Il éprouvait un mélange d'excitation et d'angoisse. Il appuyait sur chaque bouton-pression de sa chemise en répétant, pour s'encourager lui-même : « Allez. C'est ma chance. »

Il avala un bol de café au lait très sucré et dévala l'escalier de son immeuble à toute allure.

Jacques Kiepfer s'était entretenu avec Lucienne Franck. Elle avait accepté d'entendre Gil.

Au Conservatoire, Gil entra dans une salle au deuxième étage qu'il ne connaissait pas. Murs en faux marbre. Étranges coups de pinceau, certains comme des rubans figés ou un réseau de nerfs à vif.

Lucienne Franck était déjà là, assise sur la banquette du piano. C'était une femme assez forte. Son chignon formait comme un chapeau noir au-dessus de son visage. Maquillage léger. Corsage ample en soie vert foncé à reflets changeants, avec des épaulettes qui restructuraient les lignes de sa silhouette. Et plusieurs bracelets autour du poignet.

– Vous êtes Gil de Andrade ?

– Oui.

– Vous êtes espagnol ?

– Non. Français. Mais mon père est portugais.

– Un nom de conquistador. Vous avez quelque chose à me faire écouter ?

– La partie de soliste dans la *Cantate profane* de Philip Toop.

– Très bien.

Elle remonta légèrement ses bracelets et les manches de son corsage. Elle croisa les bras et les posa sur sa poitrine. Cela accentuait encore son allure de cariatide.

À la fin de l'air, Lucienne Franck ne commenta pas ce qu'elle venait d'entendre. Elle demanda, placide :

– Vous pourriez maintenant me déchiffrer ceci ? Elle tendit à Gil une partition. C'est une mélodie de Chamfort, vous connaissez ?

– Non.

Gil se plongea dans la partition. Il lut intérieurement plusieurs fois la même mesure. Lucienne Franck le regarda d'un air agacé.

– À Covent Garden on ne vous attendra pas trois ans sous prétexte que vous apprenez le rôle. Allez, chantez-moi ça.

Elle joua les premiers accords de l'accompagnement.

Gil chanta. Il ne savait pas bien où placer les respirations. Et il trouva le texte étrange. C'était un poème symboliste. Deux personnages, un frère et une sœur, dans un paysage de campagne sans couleurs. Après trois strophes, les deux personnages sortaient enfin de la brume.

Lucienne Franck laissa Gil chanter plusieurs pages. Puis elle l'interrompit :

– Merci.

Lucienne Franck enfila à ses doigts boudinés deux bagues – une alliance en or blanc et une chevalière sertie d'une pierre lumineuse bleu-violet – qui étaient posées sur le côté gauche du clavier. Ces gestes semblaient l'aider à réfléchir. C'est alors seulement que son regard, aigu comme un dard, trouva les yeux Gil.

– Bien. Venez lundi matin à ma classe, lui dit-elle. Je vous préviens, il faudra complètement revoir le placement de la voix. Et apprendre à respirer. Sinon vous ne ferez rien.

29.

Gil retrouvait souvent Junichi au comptoir du Paris-Europe, un café à l'angle de la rue de Rome qui était devenu leur quartier général. Il lui avait fait part à plusieurs reprises de ses hésitations. Junichi l'avait encouragé à se présenter dans la classe de chant.

Un midi, Junichi avait laissé refroidir son expresso et avait longuement considéré Gil, le regard comme séparé des paroles.

Les semaines suivantes, Junichi devint de plus en plus ombrageux. Il disparaissait plusieurs jours et revenait avec une figure de plus en plus terne. Une semaine plus tard, Gil apprit que Junichi avait fait ses bagages et qu'il était rentré au Japon. Il avait écrit une lettre à Vlado Blasko en expliquant qu'il souffrait d'accès de mélancolie. Qu'il avait le mal du pays.

Gil, un peu absorbé par ses propres états d'âme, n'avait pas imaginé que son ami partirait aussi subitement. Sans rien dire.

Il se demanda si son projet de quitter la classe avait pesé dans la décision qu'avait prise Junichi de s'en aller lui aussi.

⋆

Un mot de Jacques Kiepfer glissé dans le casier de Gil. Écriture penchée. Trame fine du papier. *Vous n'imaginez pas comme je suis heureux pour vous. C'est magnifique.*

P.-S. Je compte sur vous jeudi pour la répétition.

30.

Gil avait souhaité revoir Marguerite Meyer, son premier professeur de piano, pour lui dire ce qui lui arrivait.

Il retrouva avec émotion la salle d'attente. Les marques de doigts sur la table en bois foncé. Les vitraux colorés diffusaient ce jour-là une curieuse lumière qui inversait les vides et les pleins. Marguerite Meyer accueillit chaleureusement Gil. Elle était souriante et détendue. Il la trouva rajeunie.

– Vous fumez?

Elle lui tendit un paquet de Dunhill rouge et or.

Gil hésita. Elle insista :

– Mais si, allez, vous avez encore le droit.

Gil allongea le bras, pinça une cigarette entre deux doigts, la fit glisser vers lui.

– Merci.

Ils s'installèrent l'un à côté de l'autre sur la banquette, fumant en plissant les yeux comme deux vieux complices.

Dans l'encadrement de la fenêtre, il y avait le toit des maisons d'en face. À l'angle, un immeuble arrondi couronné d'un dôme et beaucoup de ciel.

– Je sais tout. J'ai vu Vlado Blasko à l'entracte du concert de Denissov l'autre soir à Gaveau.

Bruna apporta deux tasses de café sur le plateau marocain en cuivre qu'elle déposa sur la petite table.

– Merci Bruna.

Marguerite Meyer se leva. Son corps fragile se tenait droit, soutenu par une énergie étonnante.

– Toujours pas de canard avec le café ?

– Non merci.

Elle tendit à Gil sa tasse. Elle se rassit à côté de lui :

– J'ignorais que vous aviez une belle voix.

Elle trempa dans sa tasse un morceau de sucre roux et en croqua un bout avec les dents.

– C'est à la chorale du Conservatoire que j'ai vraiment commencé à chanter, lui expliqua Gil. Cela me plaît beaucoup. J'aime le piano, mais là, c'est autre chose.

– Ça. Entendre un son au-dedans de soi-même.

Elle but une gorgée, et continua :

– Le piano après tout ce n'est qu'une machinerie, des marteaux, des vis, des cordes, dans une grosse boîte.

– Oui, dit Gil, presque un peu surpris.

– En tout cas, vous me semblez déjà passionné. Et résolu.

La cendre de sa cigarette était sur le point de se détacher. Elle plaça sa paume sous l'extrémité de la cigarette, se retourna et, en allongeant le bras, prit sur le couvercle du piano un cendrier en onyx vert clair avec des nervures marron, qui forma bientôt comme un petit cratère lisse au creux de sa main.

*

En raccompagnant Gil, Marguerite Meyer chantonna :

– *Les sons et les par-fums tour-nent dans l'air du soir…* une de mes mélodies préférées. Ah le chant, tout de même.

Gil était ému. Elle l'embrassa en lui serrant les épaules avec ses mains :

– Vous me donnerez absolument de vos nouvelles, n'est-ce pas ?

31.

François, le libraire de la Flûte de Pan, conseillait à Gil les meilleures versions de disques d'opéra. Il lui mettait aussi de côté des partitions d'occasion, des livres, des revues : *Cambridge Opera Journal, Opera News*.

Grâce à des billets bon marché proposés aux élèves du Conservatoire, Gil put écouter Ted Emerson, Maria Waligorski, Vera Glinka, Rafael Battisti.

Le ténor Yves Croiset lui laissa une impression profonde. C'était un lundi soir au théâtre de l'Athénée, lors de sa tournée d'adieu. Gil avait enregistré le concert sur son petit magnétophone. À force de le réécouter, il connaissait tous les sons de cette soirée par cœur. Le moment où battait la porte d'une loge, la toux d'un homme à la fin du « Il y a quatre ans… » de Charles Samson. Le silence entre deux mélodies quand Yves Croiset s'était tamponné le front et les tempes avec un mouchoir.

Gil enregistrait aussi des directs de Salzbourg, New York, ou Baden-Baden, que retransmettait la radio. Il numérotait les cassettes, notait la distribution sur la jaquette, avec un soin amoureux.

*

Gil reçut une lettre de Junichi. À Tokyo un médecin l'aidait à soigner sa dépression. Le temps de sa cure, il avait cessé de jouer du piano. Il dormait seize heures par jour. Comme un chat, disait-il.

32.

Ah bon... ah bon... ah bon... ah bon (en se bouchant le nez d'une main)... Tâchez de ne pas perdre la verticalité... *non... non... non... non...* Mâchoire relâchée... C'est mieux... La cage thoracique toujours bien haute... ventre relâché... *non... non... non... non...* Plus étonné... *non... non... non... non...* C'est ça... *oui... oui... oui... oui...* Un oui lié... Tenez bien le *o... ya... ya... ya... ya...* Vous avez plus d'espace derrière... pas seulement derrière le nez... Épaules basses... Allongez la nuque (Lucienne Franck touche les épaules de Gil et les tire en arrière)... Pas de raideur dans le cou... *ya... ya... ya...*

ya... Très bien... On va reprendre la mélodie que je vous avais proposée la semaine dernière... (Gil ouvre de la pointe du pied son pupitre, pose sa partition)... Vous êtes prêt?... (elle retire ses deux bagues et commence l'accompagnement au piano)... (Il chante)... *Bon-ne jour-né-e... j'ai re-vu...* Je vous arrête tout de suite... Restez plus bas... placé... voilà... Vous reprenez?... *Bon-ne jour-né-e... j'ai re-vu... qui...* Avancez... avancez encore... *je n'oublie pas...* Vous faites trop d'efforts... Ça peut être plus... *qui je n'oublierai ja-mais...* Relâchez (elle s'approche à nouveau, place une main sur son ventre)... Voilà... C'est plus aéré... moins fermé dans le son... Glissez d'une note à l'autre par le dessus... comme une balle de ping-pong sur un jet d'eau... reprenez à *j'ai revu...* Oui c'est ça... Plus ouvert dans le dos... *fuga-ces... dont les yeux...* Laissez-le venir... il est là... *me faisaient...* Il faut lâcher après le son... rapidement... mais il faut lâcher... sans se crisper... Et puis il ne faut vous jeter sur ce... Le *fa* et le *fa* dièse sont un peu trop agressifs... *une haie...* Ne vous affaissez pas… *d'honneur…* Attention… (elle s'approche de Gil, met une main dans son dos, l'autre sur son thorax)… Ne confondez pas détendu et mou… Depuis le début ?… *Bon-ne jour-né-e… j'ai…* Avant le *si…* là respirez… Pas précipité… *je n'oublie pas…* Oui… *Elles s'enve-lop-pè-rent…* Bien… *dans leurs… sou-ri-res…* Vous avez peur du *i…* il faut l'avancer vers les dents sans le serrer… (elle reprend sa place au piano)… Continuez… *Bon-ne jour-né-e…* Voilà… *qui com-men-ça…* Ne traînez pas… *mélancolique… noi-re…* Vous ouvrez trop… *noire…* C'est mieux… *sous les ar-bres verts… mélancolique… noi-re sous les ar-bres verts…* Oui c'est beaucoup mieux… *Mais qui… soudain… trem-pée d'au-rore…* Il faut qu'elle respire, cette phrase… On peut reprendre cette partie-là ?… En donnant moins de poids… (elle prononce chaque mot mais sans émettre un son… d'un mouvement de la main elle demande à Gil de reprendre juste après elle)… *Bon-ne jour-né-e…* Voilà… *qui com-men-ça… mélancolique…* Respirez… *noi-re sous les ar-bres verts…*

Oui… *Mais qui…* Avancez sans ralentir… *soudain… trem-pée d'au-rore…* Respirez… *m'en-tra dans le cœur par…* Diminuez-le… *sur-prii-se…* Voilà… Bien le *i…* Bravo, merci… Travaillez en vous bouchant le nez pour que ça n'aille pas dans le nez… Vous respirez où vous voulez du moment que vous êtes à l'aise… Mais attention, parfois trop respirer cela n'aide pas… Il ne faut pas trop préparer… Vous écouterez le son à la fin sur l'enregistrement… Vous verrez, votre corps quitte le navire par moments… Faites confiance au geste vocal… plus qu'au son.

33.

À Belle-Idée, au printemps, le personnel invitait les patients à prendre le thé sur la terrasse. Lucile hésitait souvent à sortir, car elle fuyait un voisin qui venait toujours la trouver à sa table en lui tendant un coin de toast brûlé. Elle se dissimulait parfois sous un turban qui la rendait méconnaissable. Elle avait alors la paix quelques jours.

Certains patients, trop fatigués par leur traitement, peinaient à se déplacer. Ils s'arrêtaient sur le perron, s'appuyaient à un dossier de chaise, exténués.

Le passage d'un avion pouvait gronder à travers leur tête pendant des heures, provoquant des migraines. Et au moindre coup de vent, ils frissonnaient comme des plantes.

Les aides-soignantes leur parlaient. Ils répondaient, souvent à côté. Ils dialoguaient avec des voix imaginaires.

Soudain, sans raison apparente, leur visage se figeait. Ils restaient là, frappés d'on ne sait quoi. Mutiques dans l'air transparent.

⋆

– Gil?

– Oui.

– C'est maman.

– Comment vas-tu?

– Je m'ennuie.

– On ne vous organise plus de sorties?

– Je n'y vais plus.

– Mais les bords du lac?

– Oui.

– Tu ne les aimes plus?

– Ils me fatiguent avec leur horloge à fleurs. C'est un attrape-touriste.

– Je te comprends. Tu profites du parc, au moins?

– J'attends la saison des papillons.

34.

Lucienne Franck était exigeante, sans sécheresse. Elle entendait tout. Les notes autant que le silence entre deux phrases. *Même quand on ne chante pas ça chante, on vit*, expliquait-elle, *ça mène à quelque chose.*

La première fois que Gil avait dû chanter une scène de duo en suivant quelques consignes de jeu, dès qu'il était monté sur l'estrade, les autres élèves avaient ri. Tous. Il n'avait jamais bien su pourquoi. Cela avait été un moment dur et humiliant.

Peu après, Gil attrapa un rhume qui le gêna pendant trois semaines. Il avait les oreilles bouchées. Lorsqu'il chantait, elles se débouchaient en émettant un son de coquillage qu'on ouvre avec une lame. Mais pas à chaque fois, et jamais les deux oreilles en même temps. Si bien que pour Gil les sons sonnaient parfois simultanément très sourd et très brillant.

Gil ne renonça pas. Il fut patient. Ses progrès, en puissance sonore et dans les aigus, l'encourageaient.

À la fin du premier trimestre, l'ambiance dans la classe changea. Des groupes s'étaient formés. Gil s'entendait maintenant très bien avec deux de ses camarades : Douglas Slocombe, un baryton anglais, et Elsa Stefanidis, une soprano grecque. Ils se retrouvaient pour aller ensemble à l'Opéra de Paris ou au Théâtre des Champs-Élysées. Ils s'amusaient des voix qui craquent, détestaient les mises en scène, pleuraient en écoutant Maria Waligorski.

Elsa avait une chevelure noire, lourde et belle. Un profil d'oiseau. Un rire très sonore. Et déjà des idées bien à elle sur le chant et l'interprétation de tel ou tel rôle. Quand Lucienne Franck la reprenait, son visage se tendait un peu et elle baissait le front comme un animal prêt à charger. Douglas Slocombe, lui, était un garçon malicieux, rondelet, androgyne et très bavard. Il avait une passion pour l'astrologie. Il s'installait souvent à la brasserie Mollard, à Saint-Lazare, à l'heure de l'apéritif. Là, il sortait des feuilles imprimées avec des cercles concentriques gradués et un cahier sur lequel étaient notés des dates, des heures et des lieux de naissance. Il calculait et interprétait le thème de ses amis, l'influence des planètes rapides, tout en compulsant le volume des éphémérides, épais et souple comme un annuaire. Puis arrivait l'heure des rendez-vous. Les amis venaient seuls, Douglas leur parlait avec sa voix pleine d'harmoniques. Il était très précautionneux, conscient du pouvoir déstabilisateur qu'il pouvait exercer sur autrui.

Les consultations pouvaient durer une heure ou deux. Elles s'accordaient bien avec le lieu, les motifs Art déco, les grands miroirs tachetés et les panneaux de faïence. Il y avait presque quelque chose de naturel dans le fait d'interroger les astres sous ce ciel de mosaïque.

35.

Jorge, depuis le départ de son fils, avait pris l'habitude d'aller le samedi soir au cinéma le Renaissance, à Fontainebleau. Avec une préférence marquée pour les comédies et les films noirs.

Au début des séances était diffusée de la musique classique. Des morceaux célèbres du répertoire symphonique sélectionnés pour leur tempo, ni trop rapide ni trop lent. Jorge associait cette musique à son fils et au monde qui était devenu le sien. Il imaginait des théâtres rouge et or. Gil était comme une étoile lointaine qui brillait pour lui.

Devant l'écran du Renaissance était déroulée une grande toile sur laquelle on pouvait lire des publicités pour des commerces locaux et des entreprises. Le nom et l'adresse de chaque commerce étaient imprimés en vert fluorescent pour créer un léger effet de relief. Jorge trouvait que cela faisait surtout mal aux yeux. Alors il attendait en visant le blanc entre les écritures, jusqu'à ce que la toile remonte, comme une immense affiche qu'on enroule avec un bruit de moteur.

*

Le dimanche matin, Jorge s'occupait du jardin. Il arrosait les géraniums, binait les rosiers, entretenait le gazon. Parfois la tondeuse s'étouffait. Il passait des heures, dos voûté, à nettoyer la bougie, démonter et remonter la lame, dans une odeur d'herbe coupée.

36.

Gil invita Douglas et Elsa un soir chez lui, rue de Liège. Ils burent de la bière blonde en écoutant les Smithsonians et les Shades.

Elsa parlait dans son verre vide qui changeait complètement la couleur de sa voix. Douglas avait apporté un grand paquet de chouquettes qu'ils engloutirent en quelques minutes. Leurs doigts tout poisseux collaient à leur gobelet en plastique et du sucre perlé s'écrasait sous leurs pieds.

Douglas passa ses doigts dans les cheveux de Gil, les coiffa en arrière en les plaquant, comme pour les lisser.

– Arrête, ils vont être tout collants, protesta Gil.

Douglas lui murmura dans le creux de l'oreille :

– Là, avec tes sourcils épais, ton long nez droit et ta petite moustache de bière, tu commences vraiment à ressembler à un ténor italien.

Gil fut saisi d'un fou rire.

La soirée fut particulièrement joyeuse. Tous fumaient des cigarettes sans filtre sur le balcon. L'hygiène de leur voix ne les inquiétait pas plus que cela à ce moment-là.

Elsa et Douglas repartirent vers quatre heures du matin. Gil, en prenant leurs affaires posées en vrac sur son lit, vit que le contenu d'une poche de la veste de Douglas s'était répandu. Il y avait des tickets de métro, un trousseau de clés et un bout de papier griffonné avec des symboles et des mots en anglais : *March 2nd. 1 : 00 PM. Saturn Sextile Uranus.* Il glissa le tout dans la poche intérieure de la veste de Douglas et la lui tendit sans rien dire.

Gil salua ses amis depuis son petit balcon. Douglas et Elsa étaient déjà au carrefour de la rue d'Amsterdam. Ils se retournèrent et lui répondirent en agitant le bras.

La nuit était étrangement douce pour la saison. Les lumières de la ville diffusaient une lumière orangée qui teignait le ciel d'un espoir mystérieux.

37.

Lucienne Franck poussait ses élèves encore en cours de formation à auditionner pour être engagés ponctuellement dans des chœurs. Aussi acceptait-elle, dès la deuxième année, que certains élèves partent quelques mois en province pour une création.

Lors des auditions, il arrivait que dix chanteurs soient convoqués à la même heure. Ils attendaient, assis sur des chaises incommodes, dans un couloir triste. Ils devaient chanter avec un accompagnateur qui courait le cachet, devant un jury de mauvaise humeur. Une fois, Gil dut même se réfugier aux toilettes, le seul endroit mis à la disposition des candidats, pour se chauffer la voix. D'autres fois, plus rares, auditionner était presque un plaisir. L'endroit sonnait bien, l'organisation était impeccable, le jury très aimable.

Jacques Kiepfer, qui suivait de près le parcours de Gil, l'engagea pour quelques dates avec l'Ensemble Spirale. Ensuite Gil fut pris au Théâtre du Capitole de Toulouse comme choriste supplémentaire pour une nouvelle production de *Nausicaa* de Hans Herder.

Il partit un mois et demi et participa au chœur des Phéaciens. L'œuvre était en allemand, une langue que Gil ne connaissait pas. Un des permanents des chœurs du Capitole lui donna des cours de prononciation. Comme il avait une bonne oreille, Gil progressa vite. Il profita aussi des répétitions pour observer la machine de l'opéra. Surtout, c'était la première fois qu'il chantait avec un orchestre. Cela le soulevait. Il trouva ça merveilleux.

Le chœur ne disposait pas de beaucoup de services de répétition. Le chef de chœur, qui louait une ancienne ferme avec une grange, proposa qu'ils se retrouvent tous là un dimanche pour travailler.

Dans un coin de la grange, il restait des bottes de foin disposées en pyramide et une mobylette de modèle ancien installée sur sa béquille. Il flottait une odeur d'essence et d'orge. C'est comme à Barcarena, pensa Gil qui, enfant, avait passé un été chez ses grands-parents, lesquels habitaient une vieille métairie dans la campagne près de Lisbonne.

La mise en scène se limita pour les choristes à quelques déplacements et changements de costumes. Gil trouva les décors assez moches, surtout les faux rochers sur le faux rivage. Il détesta porter une tunique d'acétate et des sandales. Surtout il s'étonna du climat et de l'absence de relations entre les choristes et les musiciens de l'orchestre, qui disparaissaient toujours à toute vitesse après chaque répétition. Mais musicalement, pour Gil, c'était un vrai régal. Ulli Lommel, le baryton qui interprétait Ulysse, chantait tout sans effort et jouait aussi bien qu'un acteur. Au point qu'à certains moments, on oubliait presque qu'il chantait. Le rôle de Nausicaa était tenu par Vera Glinka, une des idoles de Gil. D'ailleurs, il ne la quittait pas des yeux. Ce qui faillit, le soir de la première, le faire chuter dans un escalier du décor. Nausicaa chantait la fin d'un air mains ouvertes à la hauteur de ses joues, comme si elle allait prendre son visage entre ses mains. Elle avait à ce moment-là une voix presque rauque. Bouleversante. Gil, ému de voir d'aussi près, sans jumelles, Vera Glinka, ne remarqua pas que les lanières de l'une de ses spartiates s'étaient dénouées.

37.

À Toulouse, Gil n'avait pas aimé son costume mais il avait tout de suite remarqué une jeune habilleuse. Après une répétition, elle lui avait demandé de passer à l'atelier, prétextant des retouches. La costumière n'était pas là. Il n'y avait plus personne. Gil avait rougi. La jeune habilleuse l'attendait au milieu des coupons de tissus et des machines arrêtées. Elle s'était approchée de lui, avait passé la main dans ses cheveux. Elle avait laissé s'enrouler doucement ses boucles autour de ses doigts. Elle s'était penchée pour respirer leur odeur. Ils s'étaient embrassés.

Ensuite ils s'étaient vus tous les soirs.

Gil se détourna un peu de Nausicaa. Il chanta pour son amoureuse.

La jeune habilleuse habitait un studio sur les hauteurs de la ville. Gil aimait se réveiller à côté d'elle. Au petit déjeuner dans la cuisine elle détaillait le visage de Gil en buvant du thé aromatisé à la bergamote.

Leurs voix se tenaient un peu au-dessus d'eux lorsqu'ils parlaient de vivre ensemble.

Pour Gil l'amour était un mot au sens encore assez vague. Il promettait de revenir régulièrement. Invitait la jeune femme à le rejoindre quelques mois à Paris. Elle hésita.

Leur histoire dura le temps des représentations.

38.

Jorge rendit visite un dimanche à Gil. Ils déjeunèrent à la terrasse d'une brasserie sur les Grands Boulevards.

Jorge se fit la réflexion que, malgré le bruit du passage des voitures et les conversations des clients aux tables voisines, il entendait parfaitement Gil. Il n'avait plus comme autrefois à le faire répéter. À ce moment-là, il ne pensait pas particulièrement aux progrès de son fils chanteur, au développement de sa voix, qui augurait peut-être d'une belle carrière. Non, il se réjouissait simplement de cette victoire sur ce qu'il avait toujours considéré comme un handicap. Gil parlait trop bas. À la petite école et au collège, on le lui avait toujours signalé. Personne n'entendait Gil. Même en tête-à-tête. Avec lui, il fallait toujours tendre un peu l'oreille. Sans y attacher une importance excessive, Jorge s'était toujours interrogé. Il ne comprenait pas. Il en avait même conçu une forme de culpabilité.

Maintenant c'était fini. Il s'était déjà fait la réflexion un jour, à table, au mois d'avril, lorsque Gil était venu le voir. Il n'y avait plus de doute, il entendait tout ce que disait Gil.

Jorge trempa la pointe d'une frite dans la moutarde qui formait un petit monticule sur le bord de son assiette et l'avala avec une expression de grand soulagement.

Il fut de bonne humeur tout le reste de la journée sans que Gil comprenne vraiment pourquoi.

39.

Toute une matinée à déchiffrer *Demi-jour*, une mélodie d'André Barsacq. Un après-midi aux prises avec les mesures 9 à 14 : *Elle est debout sur mes paupières. Et ses cheveux sont dans les miens.*

En enfilant sa veste pour retrouver Douglas dans le quartier, Gil, pressé de prendre l'air, renversa un bol de café sur sa partition. Il l'épongea avec une serviette de toilette et laissa tout en plan, de peur d'arriver en retard à son rendez-vous.

Douglas, lui aussi, avait étudié des partitions pendant des heures. Il avait besoin de se détendre. D'autant qu'il était un peu anxieux. Il s'était penché avec attention sur les éphémérides des années à venir. Il s'inquiétait de l'évolution de la planète Mercure dans son thème astral. D'après lui – il s'était livré à ce qu'il nommait un *calcul progressé* –, elle pourrait un jour provoquer un grand bouleversement.

Ils se retrouvèrent à trois, avec Elsa, au Paris-Europe.

Douglas se confia. Gil et Elsa, d'ordinaire intrigués par tout ce que leur racontait Douglas au sujet du zodiaque, surtout lorsqu'il s'agissait d'eux, l'écoutèrent cette fois d'un air un peu sceptique.

Ils commandèrent des alcools forts. Elsa chanta des chansons grecques. Ils les reprirent ensemble, improvisant des versions à trois voix.

Gil rentra à deux heures du matin. Il s'endormit complètement cuit. Au petit matin, il fut réveillé en sursaut par quelqu'un qui tambourinait à sa porte. Chaque coup exerçait une force sur les gonds et déformait le bois. La porte semblait prête à se fendre. Gil resta d'abord paralysé. La peur l'oppressait, perturbait son souffle. Les coups continuaient, plus violents. Gil eut un mouvement, il se leva cette fois moins terrifié que furieux. Il demanda en hurlant à la personne qui se trouvait derrière la porte d'arrêter tout de suite, qu'il allait ouvrir. Gil poussa le variateur de sa lampe halogène. Il fut ébloui un instant. Il enfila son peignoir. Les coups cessèrent. Le temps de tourner le bouton des verrous, d'ouvrir la porte, il n'y avait plus personne. Gil posa ses pieds nus sur le parquet gris du couloir. La lumière de sa chambre découpait un grand trapèze blanc au sol et sur les murs. Sans avancer, il tendit le bras jusqu'à l'interrupteur qui commandait les ampoules du couloir et de la cage d'escalier. Personne. Il marcha doucement jusqu'à l'escalier. Il était encore tremblant. Il se pencha. Le sang battait dans ses tempes. Il ramena en arrière une mèche qui le gênait. Les boucles de ses cheveux avaient été un peu écrasées à cause de la position de sa tête sur l'oreiller. La rampe en bois clair dessinait une coquille évidée. Gil sentait aussi un vide se creuser en lui. Ses pensées tourbillonnaient. Il se sentait aspiré. De là où il se tenait, les couleurs des carreaux de ciment couvrant le sol au rez-de-chaussée se mélangeaient. Ce n'était plus qu'une vibration dans les tons beiges, l'image au loin d'une flaque trouble qui, par instants, reculait comme un mirage.

Gil crut entendre en bas un bruit de métal. Il retint sa respiration. Peut-être était-ce la porte de l'escalier qui donnait sur la cour. Une porte vitrée grillagée. Elle pouvait faire ce bruit en claquant.

Gil, toujours penché au-dessus du vide, clignait des paupières. Il n'arrivait plus à faire le point. Il ressentit une petite douleur dans la gorge. C'était sans doute le fait d'avoir crié derrière la porte.

Il pensa aux planètes de Douglas. Cette soirée lui avait peut-être inspiré un mauvais rêve.

Il serra de ses deux mains la rambarde en la considérant comme la seule chose concrète.

40.

Le lendemain, un garçon qui venait d'emménager dans une chambre de bonne voisine voulut parler à Gil. Il aimait la musique mais pas au point de supporter des heures de vocalises. Ils se mirent d'accord sur des horaires qui leur convenaient à tous les deux. Gil en profita pour demander à son voisin s'il n'avait pas entendu quelqu'un frapper violemment à une porte la veille au petit matin. Le garçon lui dit que non. Mais qu'il avait entendu quelqu'un crier. Un cri effroyable. Comme il avait laissé ouvert son vasistas il avait pensé que cela venait de dehors.

★

Gil reçut un nouveau courrier du Japon. Une photographie de Junichi. Lui au piano, de profil, souriant. Une main suspendue au-dessus du clavier juste avant de plaquer un accord.

Avec au dos écrit à la main : *c'est reparti.*

41.

Pendant trois ans, Gil n'eut pas de repos. Grâce à sa formation d'instrumentiste, il déchiffrait très vite et mieux que ses camarades chanteurs. Sa voix gagna en amplitude et elle était plus homogène.

Lucienne Franck parlait déjà de lui à des agents et à des directeurs de maisons d'opéra. On commença à lui proposer de petits rôles pour les saisons à venir.

Un mois avant le concours de sortie, Lucienne Franck convoqua Gil dans la pièce encombrée de partitions et de livres qui lui servait de bureau. Elle portait ses habituels bracelets mais elle était plus maquillée que d'habitude. Gil comprit tout de suite que ce rendez-vous avait quelque chose de solennel.

Lucienne Franck complimenta Gil. Elle lui parla de l'évolution de sa voix. De la confiance qu'il devait avoir pour le concours. Elle l'encouragea pour ses débuts dans une carrière qui était vraiment faite pour lui. Cependant, elle lui conseilla de ne pas brûler les étapes. Elle lui suggéra d'accepter, pendant un an, les petits rôles qu'on lui proposait en province. La meilleure façon, selon elle, d'apprendre le métier. Par ailleurs, elle voulait bien continuer de le faire travailler, l'accompagner dans ses premiers rôles. Mais pas plus d'un an.

Elle encouragea Gil à parfaire ensuite sa formation avec un nouveau professeur. Quelqu'un d'autre. Ces mots pincèrent le cœur de Gil. Elle pensait à quelqu'un en particulier. Un professeur qui, pensait-elle, serait très inspirant pour lui. Une personnalité à part, qu'elle avait connue lorsqu'elle poursuivait ses études de chant à Paris. Un chanteur écossais qui était reparti vivre à

Londres après une carrière étrangement discrète : Samuel Isherwood.

*

L'idée de quitter Paris, ses amis, pour un an d'itinérance, et de s'installer ensuite (pour combien de temps ?) à Londres angoissait un peu Gil.

Ce soir-là, il étudia tard des partitions. Jusqu'à ce que la fatigue lui fermât les yeux.

*

Gil obtint trois premiers prix (chant, opéra et opéra-comique) avec, dans chaque discipline, la mention très bien à l'unanimité et les félicitations du jury.

42.

Ailes en forme de voile latine. Jaunes, marbrées de noir. Partie antérieure bleu indigo avec des arceaux bruns.

Dans sa chambre, à Belle-Idée, Lucile observait des papillons à la loupe. Elle organisait méticuleusement ce qui commençait à ressembler à une vraie collection. Conservation des modèles, classement, étalage, épinglage. Elle protégeait les plus beaux spécimens dans des boîtes qui ornaient ensuite l'un des murs de sa chambre, côté nord, à l'abri du soleil.

Lorsqu'on lui apprit les projets de Gil, son possible départ pour Londres, quelque chose en elle se dérégla. Elle fut à nouveau très agitée, refusa plusieurs jours de s'alimenter. Elle transportait partout ses affaires, les égarait. Elle pouvait faire du tapage, des scènes. Elle invectivait les aides-soignantes parce que son mouchoir avait été plié à l'envers.

Ou alors elle s'éteignait, presque hébétée.

D'après son médecin, elle confondait sa personne et celle de son fils. Elle s'était mis en tête qu'on voulait la faire déménager, ce qui avait entraîné chez elle un vacillement des repères.

Jorge lui rendit visite. Gil tenta de parler avec elle au téléphone. Elle restait obstinément fermée. Elle avait une conscience de plus en plus floue d'elle-même et des autres. Voyait autrui comme un miroir ou une réincarnation d'elle-même.

43.

Gil suivit les conseils de Lucienne Franck. Il interpréta pendant un an plusieurs petits rôles en province. Philippe dans *Le Ruban volé* de François Girardin à l'Opéra Théâtre de Besançon. Ascagne dans *La Guerre de Troie* d'André Barsacq au Grand Théâtre de Tours. L'Asino dans *La Caballa del Cavallo Pegaseo* d'Isidoro Malpighi au Théâtre Graslin de Nantes.

Il chantait en alternance dans plusieurs productions, essayant de tenir avec la même aisance le rôle d'un comploteur et d'un cuisinier, d'un enfant et d'un âne.

C'était une forme de vertige de penser que sa voix appartenait, à quelques jours d'intervalle, à tous ces personnages, passant ainsi d'un monde à l'autre.

Sentir le public dans le noir de la salle – parfois Gil avait l'impression qu'il pouvait presque le toucher – était une expérience également profonde.

Lucienne Franck venait parfois écouter Gil.

Avec elle, il revoyait des passages délicats, des nuances qu'il n'avait pas trouvées avec le répétiteur, et il préparait le programme des nouvelles auditions.

L'une des difficultés que Gil rencontra sur scène fut de ne pas dépendre constamment des indications du chef. Au début, il le fixait tout le temps. Or, il n'était plus un choriste attendant que le chef dirige vers lui sa baguette. Maintenant, il devait décider lui-même, au milieu d'une action, du moment le plus opportun pour changer l'axe de son regard, et être guidé dans un phrasé, connaître le bon niveau sonore, ou s'assurer simplement du tempo.

44.

Gil regardait la mer à travers la vitre épaisse. De la buée se formait puis coulait en dessinant des lignes tremblées. Au bar, un jeune employé attrapait à l'aide de pinces des *sausage rolls* dans une vitrine réfrigérée. Un autre, coiffé d'une casquette à visière turquoise, vendait des sodas. Les haut-parleurs fixés au plafond diffusaient une musique veloutée qui se fondait dans le décor. Dans un coin, un peu plus loin, se dressait un arbuste avec des oranges artificielles. Feuilles incrustées de poussière, billes d'argile au fond du pot, son de harpe dans la musique.

La mer avait grossi. Des vagues rebondissaient sur les parois du ferry. La lumière du jour se brouillait, le ciel prit progressivement la couleur du plomb. Une vague plus haute et plus violente que les autres gifla les vitres.

Gil était maintenant impatient de partir à l'étranger. Quitter Paris lui semblait une bonne décision. Il avait sous-loué sa chambre à une élève de la classe d'accompagnement et étudié une partie de l'été une méthode Assimil d'anglais.

Il s'était laissé pousser un peu la barbe.

Il avait envie de changement.

*

Grâce à Douglas qui connaissait du monde à Londres, Gil trouva facilement un logement. Une colocation avec un jeune ingénieur indien dans un trois-pièces à la limite de Camden et de Hampstead. Un immeuble en briques rouge sombre avec des fenêtres à guillotine.

Le quartier était vivant. À toute heure du jour et de la nuit circulait une foule de gens. Des jeunes filles aux cheveux rose bonbon, serrées dans des blousons en cuir à fermeture zippée asymétrique, les oreilles, le nez et les lèvres percés de pointes et de boucles en os ou en acier. Des garçons aux cheveux iroquois tenus par de la bière ou de la colle. Déesses et dieux diaphanes qui clignotaient dans la lumière en sortant des pubs.

Gil fut admis comme choriste parmi les BBC Singers et se fit de l'argent de poche en tant que placeur à Covent Garden. Cela lui permettait de voir les productions programmées dans cette maison dont Lucienne Franck lui avait toujours dit que c'était le plus bel opéra du monde.

45.

Samuel Isherwood avait tout de suite accepté de recevoir Gil, comme du reste tous les chanteurs que lui recommandait *sweet darling Lucienne Franck*, sa vieille amie.

Il habitait Dukes Lane 8, au cœur de Kensington. Devant la maison poussaient des dahlias charnus.

Il ouvrit lui-même la porte à Gil.

– Dandrade. The young french tenor?

– De Andrade, corrigea Gil, immédiatement impressionné par la stature d'Isherwood. Il ne l'avait pas du tout imaginé ainsi. C'était un colosse. Bras et mains immenses. Un visage d'acteur de film muet, presque blanc, très mobile.

Samuel Isherwood débarrassa Gil de son blouson et lui demanda de le suivre dans le salon qui se trouvait au bout d'un couloir.

Sans se retourner, il dit à Gil qu'il avait horreur de faire passer des auditions. Qu'il préférait commencer par une leçon.

Les rideaux du salon étaient tirés. Gil, surpris par la pénombre, trébucha contre quelque chose.

– Oh ce n'est rien, c'est une vieille peau de vache. Comme moi, vous verrez, dit en riant Samuel Isherwood.

Il alluma une série de lampes dont les abat-jour étaient tous un peu de travers.

– Voilà.

L'appartement de Marguerite Meyer parut sobre à Gil par comparaison.

Sur la gauche se trouvait un piano à queue Érard. À côté, un lutrin. Puis deux fauteuils crapaud dépareillés. L'ensemble formait un espace qu'arrêtait un paravent laqué noir composé d'un assemblage de petits panneaux de bois pivotants, comme un château de cartes avec des cartes manquantes. À l'intérieur d'une grande armoire vitrée on pouvait voir, posés sur les étagères, des bronzes miniatures, des cristaux, des hippocampes séchés et une défense d'éléphant dans laquelle étaient sculptés des personnages. Sur le dessus de la cheminée, deux cavaliers de faïence chaussés de petits souliers noirs observaient les visiteurs avec des yeux en têtes d'épingle et un air faussement naïf.

– Je les ai dénichés aux puces pour pas grand-chose, dit Samuel Isherwood en fixant lui aussi curieusement Gil, qui s'en trouva presque gêné.

– En vous voyant comme ça, je me dis que je rêverais de vous entendre dans…

Il s'approcha d'une autre armoire moins haute, sans portes, dans laquelle étaient rangées des partitions classées par ordre alphabétique. Il se pencha un peu en avant. Son index suivit une ligne invisible, puis s'arrêta tout de suite sur un nom.

– Francesco Amati ?

– J'ai travaillé l'air de César dans *Tolomea*.

– J'aime beaucoup ce compositeur.

Le doigt d'Isherwood glissa de quelques centimètres sur la droite.

– *Deucalione*?

– Je ne connais pas.

– Cela tombe bien.

Isherwood imprima un petit mouvement de bascule à une reliure pour la dégager du bloc serré des partitions.

– Je vous prête mon exemplaire, vous en ferez des photocopies.

Comme il faisait un temps un peu lourd, Samuel Isherwood proposa à Gil un verre de limonade.

Il questionna Gil sur ses études à Paris. Lui aussi avait d'abord pensé être pianiste. Il lui demanda son point de vue sur le Conservatoire, en expliquant :

– En troisième année, je suis parti. J'avais besoin de produire mon propre oxygène.

Gil laissa cette phrase tourner dans sa tête avec l'impression paradoxale que ce salon, ce jour-là, avait quelque chose d'un peu clos sur soi. D'étouffant lui aussi. Gil but d'un trait sa limonade. Il fit une drôle de grimace qui lui plissa quelques secondes tout le bas du visage.

– Victorian Ginger Lemonade. Vous n'avez pas l'air d'aimer beaucoup ça.

– Non.

– Vous revenez quand même la semaine prochaine pour une leçon ?

– Oui, dit Gil en faisant presque un effort pour sourire.

46.

Deucalione était un de ces opéras à machine en vogue au XVIIe siècle et qui n'étaient plus représentés que sur des gravures. Les plus belles pages de la partition étaient devenues des airs de concert, mais l'œuvre dans son ensemble n'était jamais jouée.

Dans les années 1970, Samuel Isherwood avait été très impliqué dans le mouvement de renouveau baroque qui fit redécouvrir en France et en Angleterre un répertoire oublié. Une poignée de musiciens, instrumentistes et chanteurs, mélange de babas cool et d'explorateurs érudits, révélèrent un nouveau continent.

Gil était déjà tombé sur ces disques dont les pochettes montraient des jeunes gens réunis dans des parcs de châteaux. Les hommes avec la barbe hirsute et des chemises à jabot de dentelle. Les femmes en robe indienne, ornée de colliers d'ambre. Ils jouaient du clavecin et de la viole de gambe pieds nus dans l'herbe comme un groupe de musique folk.

C'est avec l'un de ces ensembles intrépides que Samuel Isherwood avait repris *Deucalione* dans une version très libre. Un récitant décrivait les mouvements de décor – la fin du Déluge, l'arrivée sur le mont Parnasse. Trois chanteurs se partageaient tous les rôles et changeaient de costumes à vue.

Gil se dit que la partition que lui avait confiée Samuel Isherwood datait sûrement de cette époque. Reliure fatiguée. Feuilles jaunies, ravaudées avec du scotch qui ne collait plus rien. La page où l'oracle de Thémis s'adressait à Deucalion et Pyrrha en les invitant à méditer sur la caducité des choses tombait elle-même en poussière.

Gil trouva à ce document le charme bizarre d'un parfum éventé dont on devine qu'il dut naguère être fort et envoûtant.

Il travailla plusieurs airs. Compara différentes interprétations qu'il trouva chez des disquaires d'occasion.

La veille de la première leçon, le colocataire de Gil proposa qu'ils aillent dîner dans un restaurant indien qu'il connaissait bien, au croisement de la Kensington Church Street. Gil commanda un plat avec une sauce pimentée qui lui emporta la bouche. Il craignit de ne pas pouvoir chanter le lendemain. Au réveil sa gorge était encore un peu rouge.

47.

Ove son?... Si vous commencez *forte* vous allez vous étrangler... Vous dépensez trop d'énergie... Dès le début on a l'impression que vous êtes à la fin... *piano* et ensuite a bit louder... It is a very strange atmosphere... It is the return of the light just after the Flood... again?... (Samuel Isherwood rejoue la phrase d'introduction au piano)... *Ove son?*... Attention à la tête... Restez plus bas... Placez... Plus bas... Le placement de la voix ne va pas... c'est trop haut... ça durcit le son, c'est dommage... trouvez plus d'espace dans le fond de la bouche... Le son doit venir... laissez-le venir... N'allez pas le chercher... il est là... *L'aurora imbianca*...

Plus de calme dans la voix... votre souffle n'est pas assez régulier... Et n'appuyez pas... *Già spunta il dì! Passar veggo i miei giorni lenti!...* (Samuel Isherwood quitte le piano. Il s'approche du pupitre de Gil. Il pointe l'index sur une mesure de la partition. Gil se penche pour voir)... Ici il y a un petit crescendo qui donne de la force à cette phrase... (Gil acquiesce)... *Il sonno!...* Attention, c'est encore trop haut. N'allez pas chercher les aigus. Ils sont là... Ensuite ne ralentissez pas sur les croches... (Samuel Isherwood revient au piano et tord d'une main la lampe pincée à son pupitre qui le gêne. Il essaie de l'orienter autrement)... Pardon, reprenez... *Il sonno!...* Vous traînez encore trop... *Quando la mia giornata è giunta a sera...* You have to find something here... *Dormirò sol sotto la volta nera...* Mieux... Mais vous ouvrez trop... vous perdez trop d'air entre les notes... Voilà... Pas plus... N'avancez pas la mâchoire... Chantez plus souple... Plus rond... Plus de distance... Il faut qu'elle respire, cette phrase... (Gil se demande ce que Samuel Isherwood entend par *distance*, il reprend, un peu abruptement)... *Ove son?*... Too much energy... Pas de dépense physique comme cela... Be careful... N'engagez pas trop le corps... It is very dangerous... Si vous avez des choses violentes à chanter... C'est dans la diction... Articulate properly... Aidez-vous des consonnes... Là, c'est trop dans la région nasale... Oui, c'est mieux... No... Breathe just what you need... C'est encore trop préparé... *Dormirò sol sotto la volta nera. Ove son?*... Très clair, très clair... Donnez moins de poids... Relâchez.

48.

C'était presque la fin du cours. Gil posa le dos de ses mains sur ses mâchoires. Sous sa courte barbe brune, il sentait une tension. Mais dans tout le reste de son corps il éprouvait plutôt l'inverse, une sorte de dissolution. D'étranges pressions déplaçaient des masses et des liquides. C'était comme une réorganisation de ses organes. La sensation était étrange mais au fond pas désagréable. Cependant très vite le malaise grandit. Les notes sur la partition avaient pris la forme de petits poignards et de herses griffantes. Gil craignit pour ses yeux. Quelque chose le lança dans l'aine et le testicule droit. Il entendait encore la voix de Samuel Isherwood mais des mots se perdaient, mêlés aux notes du piano. Gil se raccrocha à la vision d'une gravure qui était en face de lui dans le salon. Elle représentait l'envol d'un aérostat dans un ciel doré, au-dessus d'un jardin à la française. Gil se laissa porter par cette image. Il eut soudain lui-même une impression d'apesanteur, de surplomb au-dessus de la partition. Bientôt, il vit tout le salon avec ses lampes allumées, le piano et les meubles, en deux dimensions. Les lumières devenaient des points. Gil passa au travers du plafond puis du toit de la maison sans effort, comme un fantôme. Dukes Lane dessinait un *L*. Des haies formaient de petits traits verts rectilignes. Gil continuait de s'élever. La grande étendue grise et rouge de la ville se déployait en dessous de lui. Des oiseaux passaient. Gil voyait la Victoria Tower, Big Ben, les tours pointues de Parliament. Il se concentra pour reconnaître d'autres monuments.

La ville n'était plus qu'une carte. Gil entendait le sifflement du vent. La voix de

Samuel Isherwood était maintenant complètement brouillée. À un moment, il y eut un bruit de drapeau qui claque, comme si l'enveloppe de l'aérostat au-dessus de lui avait soudain crevé. Gil fut tiré par les pieds et chuta.

Quand Gil revint à lui, il était assis sur une chaise, devant l'armoire vitrée. Sa tête arrivait à la hauteur des hippocampes séchés.

Samuel Isherwood le regardait effaré. Il lui proposa un verre d'eau.

Gil respirait vite. Il essaya de parler. Les mots restaient coincés dans sa gorge. Puis il fondit en larmes.

49.

Après cette première leçon, Gil voulut tout abandonner. Le chant. La musique. Londres.

Il écrivit une lettre à Samuel Isherwood pour lui expliquer son désarroi. Son cours l'avait captivé. Mais il s'était senti tellement mal. C'était trop dur. Il se décourageait.

Aux répétitions des BBC Singers, le seul fait de lire les notes fut un supplice pour Gil. Il préféra chanter en play-back. Ses voisins de pupitre firent semblant de ne rien remarquer car ils avaient vu dans les yeux de Gil qu'il n'allait pas bien.

Gil continua d'être placeur à Covent Garden mais il n'assistait plus aux représentations. Cela l'emplissait trop de mélancolie. Il lisait, assis sur une banquette, sous la grande verrière. Ou il rejoignait dans la cuisine du bar les commis et les serveurs rassemblés autour d'une petite télévision qui avait la largeur de leur visage. Tous les soirs à 20 h 45 passait l'émission à sketchs de Michael Milnes. La bande-son était composée de bruitages qui grossissaient les gags comme le verre d'une loupe, et de rires enregistrés jamais complètement raccord qui créaient de l'irréalité.

Chez lui aussi, Gil passait des soirées entières à regarder la télévision. Dans ces moments-là, il ne pensait à rien. Il était habillé n'importe comment, se nourrissait de chips au vinaigre.

Il se laissait porter, plongeait dans une sorte de somnolence. Il comblait un grand vide central.

Octobre. Novembre. Plus de chant.

50.

Gil attrapa une grippe qui le cloua une semaine au lit. Une pluie froide tombait sans discontinuer sur Londres. Une pluie mêlée de grésil. Toute la ville se mouchait. Gil ne répondait plus au téléphone. Il buvait du thé très infusé dans lequel il trempait des biscuits Digestive.

Un matin, son colocataire lui dit qu'il y avait un message pour lui sur le répondeur.

Gil pensa que c'était encore son père. Ou sa mère, à qui pourtant il avait pris soin de ne pas donner son numéro.

Il descendit en peignoir dans l'entrée, où se trouvait le répondeur posé sur un petit meuble d'angle. Gil rembobina la bande.

Il reconnut tout de suite la voix et l'accent de Samuel Isherwood : *Bonjour. J'espère que je suis bien chez Gil de Andrade. Gil, je n'ai pas répondu à votre lettre parce que j'ai voulu respecter votre choix. Mais si vous êtes encore à Londres, après tous ces mois, veuillez avoir l'amabilité de me joindre. Je serai heureux de prendre de vos nouvelles.*

Ensuite, on distinguait le bruit du combiné téléphonique que l'on raccroche en essayant de le caler sur sa base. Puis *Tuut tuut tuut*...

C'était la veille des fêtes de Noël. Odeurs d'épices et d'orange confite. Au coin de la rue, un homme aux doigts effilés et à la tête d'apôtre vendait des guirlandes de sapin ornées de clochettes, de fils d'or et de pommes de pin. Autour de lui tournaient des enfants tout décoiffés, comme des moineaux que le vent aurait ébouriffés.

51.

Samuel Isherwood proposa à Gil de le voir seulement une fois par semaine, pour une heure de vocalises et une heure de chant.

Surtout, il lui recommanda d'être patient. D'aller à son rythme. Il fallait, disait-il, que les choses mûrissent.

Gil se remit au travail avec beaucoup de peine. Il avait l'impression d'avoir tout perdu. Il ne savait plus par quoi recommencer.

Il acheta d'occasion un piano électrique. Son colocataire lisait avec des bouchons de cire rose enfoncés dans les oreilles.

Samuel Isherwood proposa à Gil de déchiffrer pas à pas *Deucalione*.

Il insista sur les récitatifs, le placement de la voix parlée. La prononciation des doubles consonnes en italien. Comment exécuter une appoggiature, longue ou brève, un vrai trille.

Ils passèrent un mois sur une phrase.

*

Début mars, Gil chanta une note très douce parfaitement bien placée à la fin d'un air difficile et très orné.

Le visage de Samuel Isherwood s'illumina.

– C'est admirable. Vous ne trouvez pas ?

Gil avait parfois des difficultés à s'entendre lui-même. Il lui arrivait de poser sa main sur son oreille pour obtenir une meilleure restitution.

Là, il avait abordé les notes à la fois plus frontalement et en leur donnant un peu moins d'énergie. C'était comme un dessin plus précis, au tracé plus sûr et moins tendu.

Un après-midi du mois de mai, Samuel Isherwood demanda à Gil, qui connaissait maintenant par cœur le rôle-titre de *Deucalione*, de chanter le premier acte dans son entier.

Sans le lui dire, il avait invité un auditeur. Il l'avait installé dans une petite pièce attenante dont il avait laissé la porte volontairement entrouverte. Il tint secrète cette présence afin de ne pas perturber Gil.

L'auditeur était resté près de deux heures dans la petite pièce de deux mètres sur trois, assis sur l'un des fauteuils crapaud.

Il savait écouter et apprécier les voix, c'était David Milzon, le directeur artistique de Covent Garden.

52.

Deux jours plus tard, Samuel Isherwood dit à Gil qu'à la fin de sa leçon, à l'heure du thé, ils auraient une visite.

C'était encore un jour de pluie. Le sol miroitait devant la maison et l'eau décolorait les fleurs des dahlias.

Samuel Isherwood accueillit David Milzon. Il le présenta à Gil, qui le reconnut tout de suite. Il avait plusieurs fois croisé sa haute silhouette maigre dans les couloirs de Covent Garden. Il fut terriblement intimidé.

Samuel Isherwood les fit asseoir dans le salon, un peu à l'écart du piano. David Milzon croisait et décroisait ses longues jambes un peu nerveusement. Il dévisageait Gil et semblait impatient de lui parler.

Gil n'avait jamais remarqué les drôles de mains de David Milzon. Ses doigts tout tordus. Il apprit ensuite qu'il s'était écrasé deux doigts dans un strapontin.

Samuel Isherwood expliqua à Gil que David Milzon, caché dans le cagibi, l'avait entendu chanter *Deucalione.* C'était la première fois qu'il avait monté un tel stratagème.

David Milzon enchaîna dans un français impeccable :

– Vous nous pardonnerez, je l'espère.

Il tira sur le pli de son pantalon. Et reprit :

– Je vous ai écouté. Votre voix m'a laissé une impression très vive. Votre technique et votre diction sont tout à fait remarquables. Je vous le dis tout de suite, j'aimerais beaucoup vous distribuer dans une de nos productions.

Gil cassa le biscuit qu'il trempait dans son thé. Il n'osait ni boire ni parler.

Il y eut un temps.

– Je vous propose le rôle de Deucalione en mai.

– Le *Deucalione* d'Amati ?

– Oui. Ce serait pour la saison prochaine.

– À Covent Garden ? demanda Gil, presque incrédule.

– Début mai. Le programme n'est pas encore complètement établi. Nous nous laissons toujours la liberté de distribuer de nouveaux chanteurs un peu tard dans la saison. On ne veut pas s'interdire des coups de cœur.

Gil sourit, mais il était un peu abasourdi.

Au fond de sa tasse de thé, le biscuit formait un dépôt brun, comme le limon dans un lac de montagne.

David Milzon ajouta :

– Et vous ne pouvez pas me répondre que vous devez d'abord regarder la partition. J'ai la preuve que vous la connaissez déjà parfaitement.

Samuel Isherwood avait le nez audessus de sa tasse en porcelaine chinoise. Il respirait la buée qui ondulait à la surface du thé, avec un air de vieux chat satisfait.

Au moment de partir, David Milzon enfonça sa main dans la poche intérieure de sa veste et tendit à Gil sa carte de visite.

– Rappelez-moi sans faute. Nous conviendrons d'un rendez-vous. Vous savez, vous pouvez beaucoup.

53.

Gil eut un peu moins d'un an pour se préparer. Samuel Isherwood suggéra à Gil d'accepter quelques dates de concerts en Angleterre. Des parties de soliste dans les *Cantates* de Fontana ou la *Messe en* si de Kruger. Pour rencontrer du monde, chanter en public, ne pas trop s'isoler du métier. Samuel Isherwood expliqua à Gil les dangers que pouvait représenter une carrière comme la sienne, faite de longues interruptions. *Une carrière d'éclipses*, comme il disait.

Gil rencontra le chef de chant de Covent Garden très en amont des répétitions. Leur premier rendez-vous eut lieu au bar du foyer, sous la grande verrière. Gil avait affreusement le trac.

Il croisa des collègues placeurs qui lui demandèrent ce qu'il faisait là. Ils ne le crurent pas quand il leur dit qu'il allait bientôt chanter *Deucalione* dans la maison.

– Tu plaisantes ? lui lança l'un d'eux.

– Puisque je vous le dis. Vous voulez voir mon contrat ? Je l'ai avec moi, justement. J'ai rendez-vous à l'administration.

Il commença à fouiller dans son porte-documents.

– Attends. On va vérifier que tu es dans l'avant-programme, dit un autre garçon en se dirigeant vers l'accueil. On vient de les livrer.

Le garçon arracha la bande de scotch large qui fermait l'un des cartons déposés en pile sur le comptoir d'accueil.

Gil était un peu vexé et en même temps tellement fier de ce qui lui arrivait.

Le garçon revint vers le petit groupe.

En marchant, il ouvrit le dépliant. Très légers craquements à l'endroit des pliures. Le papier sentait encore l'encre.

Tous se penchèrent au-dessus de l'épaule du garçon. Les plus petits se haussèrent sur la pointe des pieds pour voir.

Toute la programmation était annoncée. Avec le titre des œuvres, le nom des chefs, des metteurs en scène et des chanteurs interprétant les rôles principaux.

Personne ne trouvait la production dont parlait Gil.

– C'est en fin de saison. En mai, précisa-t-il.

Sur le dernier volet du dépliant, ils lurent :

Deucalione Opera seria in three acts.
Libretto by an anonymus Italian author
after *The Library* of Apollodorus
Music by Francesco Amati (1685-1759)

Conductor............................ Benjamin Hockley
Director.. Georg Gye
Set and costume designer.. Peter Kirkpatrick
Orchestra and chorus of
the Royal Opera House
Deucalione................................Gil de Andrade

Pyrra.. Meret Hamilton
Prometheus.........................Vincenzo Lombardo
16, 18, 20 to 23, 25 to 27, 29, 30 may 1984.
7 : 30 PM

Ils restèrent stupéfaits.

54.

Le metteur en scène intervint dès les premières répétitions musicales. Il demanda à Gil d'être plus souple et mobile, car il avait tendance à cesser de se déplacer lorsqu'il allait chanter.

Lors de l'italienne, le chef trouva que les chanteurs ne soignaient pas assez la déclamation. Et il demanda aux musiciens de l'orchestre plus de couleurs et, à certains moments, des contrastes plus appuyés.

Gil s'entendit très bien avec Meret Hamilton, la soprano américaine.

Il régnait une bonne ambiance.

David Milzon était confiant.

*

Le jour de la générale, Gil apprit la mort brutale de Lucienne Franck. Une rupture d'anévrisme. Elle s'était effondrée en pleine leçon, alors qu'elle se levait du piano pour montrer une position à une élève qui ne parvenait pas à ouvrir son dos.

Gil fut bouleversé. Il imagina la chute de Lucienne Franck dans un cliquetis de bracelets.

Il fit un aller et retour pour assister à l'enterrement. Samuel Isherwood et lui s'étaient donné rendez-vous à Heathrow. Ils firent le voyage ensemble.

L'église Saint-Roch était pleine de musiciens. Gil retrouva Vlado Blasko, Marguerite Meyer, Jacques Kiepfer, Elsa Stefanidis. Douglas Slocombe était retenu à Berlin par des répétitions.

Deux anciens élèves chantèrent des madrigaux d'Orcagna et l'*Élégie* d'Henry Viollet.

Gil prit ensuite un avion à 16 h 30 à Roissy puis un taxi depuis Heathrow. Il arriva tout juste à temps à Covent Garden, où il devait chanter quelques heures plus tard pour la première.

L'émotion et le voyage l'avaient éprouvé.

Il chauffa longuement sa voix. Il ne pouvait pas se permettre d'avoir des larmes dans la gorge.

Il s'appuya sur sa connaissance de la partition et sur ses partenaires. Il oublia plusieurs indications du metteur en scène, intervertit deux répliques qui, du même coup ne voulaient plus rien dire. Il se demanda plusieurs fois s'il pourrait aller au bout de l'œuvre.

Il dut chercher très loin en lui-même.

Le scénographe avait choisi d'utiliser de vrais arbres pour figurer la forêt du mont Parnasse. Cela sentait le bois et la résine de pin sur le plateau et dans la salle. Gil dit qu'étrangement cela l'avait aidé à se concentrer sur son rôle.

À la fin de la représentation, Samuel Isherwood, qui était rentré de Paris par l'avion suivant pour assister, lui aussi, à la première, alla trouver Gil dans sa loge.

David Milzon était déjà là. Très ému. Il écrasait des larmes sur ses joues avec ses doigts tordus.

Samuel Isherwood serra longuement Gil contre sa poitrine.

Le chef distribua des coupes de champagne. Samuel Isherwood porta un toast à la mémoire de *Sweet darling Lucienne Franck*. Gil leva le bras en faisant tourner son poignet. Sa main tremblait.

55.

L'engagement à Covent Garden fut le premier d'une longue série. En Angleterre mais aussi en Allemagne, en Hollande et aux États-Unis. Partout où il chantait, Gil était très apprécié. La presse et le public lui trouvaient une voix hors du commun. Très claire, donnant à entendre chaque mot. Et un vrai talent d'acteur.

Jorge prit l'avion pour la première fois de sa vie afin d'écouter son fils qui chantait à Santa Fe. Gil lui avait dit que l'endroit méritait d'être vu. L'opéra était un bâtiment édifié à deux mille mètres en haut d'une colline au milieu du désert. Le fond de la scène et les côtés de la salle s'ouvraient comme un oiseau au sol déployant ses ailes. Au cours d'une même représentation on pouvait voir le soleil rouge se coucher derrière les crêtes, l'assombrissement des couleurs, puis le ciel étoilé.

Gil découvrit que la soprano retenue pour remplacer au dernier moment Maria Waligorski, souffrante, était son amie Elsa.

Sa voix avait changé. Elle avait beaucoup plus de puissance et de profondeur dans les médiums.

Gil et Elsa étaient ravis de chanter ensemble. La rencontre de leurs deux voix – l'harmonie des timbres et des couleurs – et leur complicité produisirent sur scène des duos très touchants.

Ils jouèrent à guichets fermés.

Après chaque représentation, le public se pressait à la sortie des artistes pour obtenir des autographes. Gil avait acheté exprès un stylo-feutre noir à pointe glissante. Il écrivait son nom et quelques mots sur le programme, ou en bas à droite d'une photo qu'il offrait. Un portrait de lui posant en costume noir. Parfois la dédicace débordait sur le col de sa chemise ou dans son cou.

★

Gil et Elsa, en se promenant au Jardin botanique de Santa Fe, s'embrassèrent à l'ombre d'un grand yucca. Le couple qu'ils formaient sur scène se prolongea dans la vie.

Mais à ce moment de leur carrière, ils étaient bien trop préoccupés d'eux-mêmes, trop inquiets de leur propre voix, qui était leur obsession quotidienne – peur d'une sinusite, d'un chaud-froid, consultations téléphoniques avec le phoniatre –, pour s'engager plus et plus longuement.

★

Le nom de Gil était régulièrement cité dans les quotidiens du monde entier. Lucile gardait toutes les coupures de presse et les cartes postales que lui envoyait Gil. Elle les glissait ensuite dans une grande chemise bleue cartonnée.

Un nouveau psychiatre la suivait. Il s'intéressait à elle, lui parlait souvent. Il avait modifié son traitement. Elle semblait plus calme.

56.

De 1986 à 1991, Gil interpréta Oreste dans *Clytemnestra* de Lumley avec le Welsh National Opera à Liverpool. Il reprit le *Deucalione* d'Amati en tournée au Teatro Colón de Buenos Aires, au festival de Spolète et au Teatro Regio de Parme. L'enregistrement reçut le prix Abbiati de la critique musicale italienne. Ensuite il chanta Herrera, le capitaine, dans *The Corsairs* de Daubray. Une catastrophe. Chef empêtré. Chute d'un choriste dans la fosse. Puis Gil apprit en un mois le rôle de Scotus, le mage étrange des *Notte di Canterbury* d'Orcagna pour le festival d'Édimbourg. En cours de représentation, une vieille basse qui mélangeait les scènes tirait régulièrement Gil par la manche pour lui demander en chuchotant ce qui se passait ensuite.

Au Scottish Opera de Glasgow, Gil chanta Harald, le frère retrouvé de Climène, dans *The Oceanides* d'Ogilvy. Pour cette production, Jason Vallejos, un chef magnétique, avait demandé à rencontrer les chanteurs deux mois avant les répétitions. Sa lecture de la partition avait tout de suite séduit Gil. Sa direction fut également appréciée des musiciens de l'orchestre. Il leur fit trouver des nuances – des fortissimi rapides mais ne couvrant jamais les voix des chanteurs – qu'aucun autre chef n'avait réussi à obtenir d'eux. Quant au metteur en scène, Luigi di Venanzo, un aristocrate italien communiste, il imagina avec son scénographe un décor tout en perspective, avec des statues mobiles, des animaux pétrifiés et des bassins d'eau, inspiré du Palais aquatique d'Ujung à Java, dont l'image ne se révélait dans sa totalité que vue de tout en haut. Autrement dit, le décor était pensé non pour le parterre et le premier rang de loges, mais pour les spectateurs de la dernière galerie. L'Upper Circle et les possesseurs de billet de quatrième catégorie. En anglais, the Gods.

★

À Glasgow, lors d'une répétition, le chef, qui n'avait pas la réputation d'être tendre, s'était arrêté en plein acte II, après *Flow, my tears, fall from your springs*, l'air de Harald que chantait Gil, pour dire qu'il n'avait jamais rien entendu d'aussi beau.

57.

À l'Opéra d'Amsterdam, Gil interpréta son premier rôle travesti : Diane de Poitiers dans *Le Ballet de la nuit*, un opéra baroque d'Étienne Lunod ayant pour cadre le château de Fontainebleau sous le règne d'Henri II. On conçut pour Gil un corset sur mesure, très ajusté. L'habilleuse devait plaquer son genou contre le dos de Gil pour finir le laçage. Cela durait un moment. Le serrage ne devait pas tirer sur les œillets. Gil avait d'abord trouvé cela douloureux. Il avait quand même porté son costume, mais sur le plateau, il n'osait plus bouger. Et pour chanter, cela lui semblait tout simplement impossible. La partition comprenait des passages très tendus, assez aigus. À chanter en voix mixte, ou en fausset. C'était presque un rôle de haute-contre. Gil se sentait trop contraint.

Une semaine avant la générale piano, Gil avait exigé qu'on lui trouve un autre costume. Le metteur en scène avait fait savoir sur-le-champ par son assistant qu'il n'en était pas question. Gil céda. On desserra légèrement le laçage. Peu à peu, Gil s'habitua. Au bout de trois jours, il demanda même qu'on le serre comme il faut. Car il avait progressivement découvert que chanter corseté, au lieu de l'étouffer, lui permettait au contraire de se sentir respirer. Il percevait la poussée du diaphragme sur les viscères, son propre maintien. Il n'avait jamais éprouvé à ce point ces sensations. Il abordait mieux certains passages difficiles pour le souffle. Il se trouvait à la fois très libre et précis.

Et puis, interpréter une femme l'obligeait à explorer une autre part de lui-même. À regarder ailleurs en lui.

Finalement, ce rôle dans ce costume fut pour lui une vraie révélation.

*

Un soir, Gil revit Douglas Slocombe, qui s'était installé depuis peu à Amsterdam. Douglas l'avait rejoint dans sa loge pour le féliciter.

– Tu es sublime comme ça. Tu as une taille de rêve, lui avait-il dit en lui passant la main dans le dos.

Gil encore en costume, le corset légèrement dégrafé, lui avait répondu en tournant sur lui-même, avec un clignement d'yeux malicieux :

– Tu as vu? j'étais sûr que cela te plairait. Et tous deux se mirent à rire.

Gil et Douglas ne s'étaient pas vus depuis plus de trois ans.

Après la représentation, ils marchèrent un moment pour aller dîner dans un autre quartier plus à l'ouest.

C'était le mois de mai. Le ciel était clair.

– Ici les lumières de la ville ne brouillent pas les constellations, dit Douglas.

Il montra à Gil Hercule et la Grande Ourse. Au sud-est, le Scorpion et le Sagittaire qui frôlaient l'horizon.

Gil et Douglas entrèrent dans un restaurant macrobiotique. Ils se racontèrent ce qu'ils étaient devenus en mangeant des hamburgers végétaux.

Douglas s'était installé à Amsterdam avec Viktor, son compagnon, un luthier qu'il avait rencontré par hasard, un soir, à Berlin, dans un bar nommé le Trafik. L'astrologie continuait de le passionner. Il avait suivi une formation auprès d'une femme installée à Vienne. Maintenant il possédait des trésors dans sa bibliothèque. Notamment un opuscule rarissime de Kepler, la correspondance complète de Herschel et un exemplaire d'une édition princeps de *De la grandeur et de l'éloignement du Soleil et de la Lune* d'Aristarque de Samos parue à Anvers en 1498 d'après un manuscrit vénitien.

À part Kepler, Gil ne connaissait aucun de ces noms, mais il fut très frappé par l'enthousiasme, la fièvre même, qui s'emparait de Douglas, soudain absent à tout, lorsqu'il parlait de ces livres.

*

À Cologne où Gil interprétait le rôle de Renaud dans *Les Quatre Fils Aymon*, après le premier acte, Armin Schmidt, le chef et compositeur suisse, qui était dans la salle, était venu le trouver pour lui dire qu'il rêvait de travailler un jour avec lui.

Aux saluts, au moment où la salle s'était rallumée, Gil crut reconnaître quelqu'un au troisième rang qui applaudissait debout. Un grand type portant des lunettes à monture épaisse, style années 1970. Cheveux courts, noirs. Le visage assez empâté, avec quelque chose d'étrange à la mâchoire, comme un léger décalage dans l'ossature. Il avait déjà vu ce visage. Mais où ?

58.

On proposa à Gil un rôle dans une production aux Chorégies d'Orange. Une œuvre qu'il n'avait jamais chantée. Après sept années passées à Londres, Gil profita de cet engagement pour se réinstaller à Paris.

Il acheta un petit deux-pièces rue La Bruyère, dans le IXe arrondissement. Un dernier étage, avec une cheminée en marbre rouge, et un balcon depuis lequel il pouvait voir l'Apollon et les deux Pégase du toit de l'Opéra de Paris.

La production des Chorégies commença mal. Lors des répétitions, les relations avec le chef et les autres chanteurs étaient tendues.

Gil, angoissé, se levait la nuit pour vérifier certaines pages de la partition.

Le soir de la première, du mistral souffla tout au long de la représentation, soulevant de la poussière. Les retours étaient inaudibles. En outre, malgré les protestations des chanteurs, le metteur en scène n'avait pas voulu renoncer à des fumigènes très irritants pour les muqueuses. La prima donna, les yeux enflammés, pleurait. Gil toussait. C'était comme si on avait frotté ses cordes vocales au papier de verre.

Gil fut tellement perturbé qu'il oublia dans les coulisses le poignard au moment où il devait donner un coup de poignard. Et la tension était si forte qu'il souffrait de contractures dans le dos.

Au point qu'à l'entracte, Gil envisagea de se faire remplacer. On lui avait choisi un jeune Milanais comme doublure.

Gil avala deux cachets de cortisone. L'idée qu'un autre chante à sa place lui était en réalité insupportable. Il fit un effort. Quand il entra en scène, il avait une voix de rossignol blessé.

Ce fut un désastre. Une rumeur circula selon laquelle Gil se droguait. Cocaïne et bêtabloquants, le cocktail soi-disant favori des chanteurs.

La critique (*Le Midi*, *La Scène musicale*, *Opera News*) s'appliqua à démolir soigneusement Gil pour qu'il n'en reste rien.

David Milzon, qui avait assisté à la représentation et lu la presse, lui avait passé un coup de fil à l'hôtel, la veille de son départ.

Cela avait commencé par : *Well.* Suivi d'un long silence.

Gil rentra à Paris épuisé.

*

– Les cordes n'ont rien, lui avait assuré son phoniatre, qui lui trouva la voix simplement un peu fatiguée. Il prescrivit du magnésium et du repos.

Gil partit quinze jours à Uzès. La douceur de l'oncle et la lumière éclatante du Midi lui furent très bénéfiques.

59.

À son retour, Gil décida de mettre de l'ordre dans son appartement. En rangeant des affaires qui étaient restées en vrac dans un carton, il tomba sur le trente-trois tours de fado.

Gil sortit le disque de sa pochette. Il passa doucement la main dessus en suivant les sillons, et fit glisser la poussière.

Puis il posa le vinyle sur la platine de sa nouvelle chaîne stéréo.

Les premières notes étaient jouées par les deux guitares. Gil reconnut tout de suite le son de la guitare portugaise, proche de celui d'une mandoline.

Il eut une sorte d'élan, très spontané. Avec le plus grand naturel, il se mit à chanter :

Quis seguir-te a vida in-tei-ra

Gil retrouvait un air aimé qu'il croyait avoir oublié. La mélodie et les paroles, enfouies en lui, se redéployaient. Et mêler sa voix à celle d'Almeida l'emplissait de joie.

Gil ferma les yeux pour mieux sentir monter les souvenirs.

À la fin de la dernière chanson, le bras de lecture de la platine se souleva doucement, revint à sa position initiale. Gil, assis sur la moquette, regardait les dernières rotations du disque noir, et le ralenti progressif du plateau.

C'était maintenant le temps qui tournait sur lui-même.

60.

Gil passa un coup de fil à Marguerite Meyer. Elle semblait ravie de l'entendre et lui proposa de venir chez elle.

Elle avait dû quitter son appartement de Pigalle. Elle habitait maintenant un grand studio près de la station Iéna.

Elle ouvrit la porte assez lentement, on aurait dit qu'elle reculait par à-coups, avec un pied comme freiné par la moquette. Gil fut un peu triste de découvrir que son professeur s'appuyait sur une canne. Elle boitait. Trois jours plus tôt, elle était tombée dans l'escalier du Paris-Europe.

– Un escalier étroit. Avec des nez de marche en métal… vous voyez ?

Elle remonta un peu sa jupe pour montrer à Gil. Elle avait un hématome énorme sur la cuisse. Et le sang faisait une grosse obscurité au-dessus du genou. Elle précisa :

– J'aurais pu par la même occasion me fracasser le crâne. Je n'ai qu'une écorchure.

Un pansement lui barrait l'arête du nez.

– Finalement, je me suis offert un petit lifting, dit-elle en souriant. Mais ses traits se figèrent car cela tirait sur son pansement.

Gil proposa son bras, elle refusa d'un geste de la main. Elle pivota en marquant des arrêts après chaque mouvement et se dirigea doucement vers deux fauteuils Louis XVI placés côte à côte.

– Mon sport quotidien, commenta-t-elle.

Puis elle se laissa tomber sur le large coussin de plume, dans un bruit de soufflet.

Assise, elle avait dans le corps quelque chose de plus souple et en même temps d'un peu abandonné.

Elle réorganisa le nœud lavallière de son corsage qui s'entortillait dans son collier.

Elle proposa du whisky.

– Je ne bois que ça depuis trois jours, ajouta-t-elle. Je vous demanderai simplement de le servir, mon petit. Là je ne bouge plus. Et Bruna ne vient plus que les jeudis.

– Alors, quoi de neuf?

Gil lui expliqua qu'il traversait une mauvaise passe. Il n'aurait jamais dû accepter ces dates aux Chorégies. Le contrat était financièrement intéressant, mais les conditions avaient été trop dures. Il n'avait pas supporté.

– Il y a des moments où l'on est comme sur le fil d'un canif, dit Marguerite Meyer.

Gil hocha la tête. Il venait de verser un peu de whisky dans deux verres épais. Au contact de l'alcool, les glaçons claquaient d'un coup sec en se lézardant.

– Je vous ai entendu il y a quelques mois à la radio. Vous étiez très bien en Diane de Poitiers.

Marguerite Meyer tenait son verre contre son genou pour profiter de l'effet décongestionnant des glaçons.

61.

En se dirigeant vers la bouche de métro, Gil remarqua deux motards qui faisaient le tour de la place d'Iéna. Ils s'arrêtèrent en face, devant le musée Guimet, sans couper leur moteur. Ils furent bientôt rejoints par trois, puis quatre, cinq, six autres. Les motards arrivaient de loin en loin ou par grappes. Bientôt en longues colonnes. De l'avenue du Président-Wilson, de l'avenue d'Iéna, de la rue Boissière, de la rue de Longchamp, de l'avenue Pierre-Ier-de-Serbie. De toutes parts. La place était maintenant pleine de motards en blousons et pantalons de cuir noir ou taupe, parfois frangés. Le soleil faisait étinceler les parties chromées des motos. C'était un spectacle étrange de voir s'agréger cette foule au pied de la statue équestre de George Washington. Moins une armée qu'un essaim d'abeilles charpentières ou de scarabées.

Le son fut de plus en plus entêtant, l'air de plus en plus chaud. Les motards faisaient tourner d'avant en arrière la poignée des gaz. Certains moteurs étaient poussés à fond.

Gil était sidéré.

Des visiteurs qui sortaient du musée Guimet se demandaient comment repartir. Les accès au métro et aux bus étaient pratiquement tous bouchés.

Les motards restaient mutiques. Et personne n'avait envie de leur taper sur l'épaule pour leur demander ce qu'ils faisaient là.

Ils avaient la tête orientée vers la rotonde du Palais d'Iéna. Ou un peu plus à l'est. À un certain moment, Gil eut la sensation nette que c'était lui qu'ils fixaient.

Il y eut une éclaircie dans le ciel comme un grand coup de gomme dans un fond estompé.

Soudain, et sans qu'aucun signal ne soit visiblement donné, les motards qui se tenaient au bord de la place commencèrent à faire demi-tour, suivis bientôt par d'autres, puis tous.

Ils repartirent comme ils étaient venus, en file ou en ordre dispersé. Ils refluaient en laissant un vide et un souvenir.

Le souvenir d'une intensité.

*

Gil, encore un peu choqué, vit dans cette mystérieuse scène une sorte de permission. Quelque chose se rouvrait devant lui. Mais il ne savait pas exactement quoi.

62.

Pendant plusieurs semaines, Gil fut d'une humeur étrange. Mi-souhaitant mi-redoutant l'appel d'un agent de Zurich que David Milzon lui avait rapidement présenté à Londres. Un grand type assez compact. Cheveux tirés en arrière, yeux globuleux, moustache brune soigneusement taillée au-dessus d'une bouche aux lèvres molles.

Après la catastrophe qui avait eu lieu aux Chorégies et la réaction de Milzon, Gil pensa qu'il n'appellerait pas.

Et pourtant l'agent appela. Il lui proposa un rendez-vous au Train Bleu à Paris.

Ses yeux n'étaient pas si globuleux, se dit Gil en observant l'agent. Les verres de ses lunettes, épais comme des loupes, les agrandissaient.

Il avait gardé son pardessus. Son sourire découvrait ses dents.

L'agent dit d'abord à Gil qu'il avait lu la presse. Il lui suggéra de s'éloigner quelque temps. Il espérait lui décrocher une tournée de trois mois en Asie. Une série de récitals qui seraient pour lui l'occasion de travailler un nouveau répertoire. Il pensait à des mélodies françaises (André Barsacq, Chamfort) et quelques lieder (Hasse, Rickert). Gil commencerait au Japon. Puis il y aurait la Corée, la Chine, Hong Kong. L'agent prévoyait aussi l'enregistrement d'un disque. Un label japonais était déjà d'accord et mettait à disposition des studios à Osaka.

Gil accepta sur-le-champ.

63.

À Tokyo, c'était l'année de l'inauguration du Suntory Hall. Une salle de concert dans le quartier de Roppongi, dont la construction avait été financée par un grand producteur de bière et de spiritueux. C'est là que Gil devait commencer son cycle de récitals.

Quand Gil arriva à l'aéroport, il fut accueilli par un représentant du label et l'adjoint du directeur du Suntory Hall. Tous le saluèrent en s'inclinant. L'adjoint sortit d'une sacoche une grande enveloppe de couleur crème, au papier épais, cachetée, qu'il remit à Gil en s'inclinant à nouveau. Puis, en se tournant vers une troisième personne qui était restée un peu en retrait, il dit :

– Voici votre pianiste accompagnateur. Il nous a dit qu'il vous avait souvent entendu jouer et qu'il vous appréciait beaucoup. Son excellent français vous facilitera la vie lors de votre séjour.

C'était Junichi. Gil dut contenir un élan de joie. Il lui adressa un simple sourire, comprenant qu'il devait lui aussi, pour des raisons qu'il ignorait, faire semblant de ne pas le connaître.

Ils montèrent dans une petite camionnette aux sièges fauves ergonomiques. Gil, qui craignait toujours un peu pour sa gorge, demanda au chauffeur s'il pouvait couper la climatisation. Il fit aussi baisser toutes les fenêtres de quelques centimètres. L'atmosphère se réchauffa, ravivant l'odeur de plastique des matériaux et faisant entrer un peu de moiteur dans la camionnette.

Le petit comité d'accueil se sépara devant l'hôtel de Gil.

Junichi accompagna Gil à la réception. Quand ils furent seuls, Gil et Junichi se serrèrent les deux mains très fort en se faisant face. Junichi avait horreur des effusions et des embrassades.

– Tu aurais dû me mettre au courant de ton petit scénario, lui dit Gil ému, j'ai failli tout ficher par terre.

Junichi expliqua à Gil qu'il avait fait le siège du label et des bureaux de la Suntory Foundation for Arts dès qu'il avait su que Gil devait venir jouer et enregistrer un disque au Japon, car d'autres pianistes avaient été pressentis pour être son accompagnateur.

Junichi emmena Gil dîner dans un restaurant de sobas. Ils fêtèrent leurs retrouvailles. Ils burent l'eau de cuisson trouble des pâtes de sarrasin et surtout beaucoup de saké.

À la fin de la soirée, Gil avait la tête qui tombait. Et la position assise avec les genoux pliés lui coupait les jambes. À un moment donné, Junichi l'aida à les déplier sur le côté en les tirant avec la main.

Junichi raconta à Gil la master class que Vlado Blasko avait donnée l'année précédente. L'événement que cela avait été pour les pianistes japonais. Son passage avait été, dit-il, comme un puissant typhon.

Gil écoutait en faisant des efforts pour ne pas laisser sa tête retomber. Il n'avait pas fermé l'œil dans l'avion. Pour lui, il était deux heures de l'après-midi.

Junichi déposa son ami en taxi devant le Sunshine City Prince Hotel.

Gil dut se tenir à la rampe pour monter les marches du hall et s'endormit tout habillé à plat ventre sur son lit à l'occidentale.

64.

Junichi était un très bon pianiste mais un piètre accompagnateur. Il n'avait joué qu'une fois avec un chanteur. Cela lui avait beaucoup plu, mais il manquait d'expérience. Il prévint tout de suite Gil qu'ils devraient absolument travailler pour préparer le concert. Le temps prévu pour les répétitions sur le plateau était insuffisant. Junichi invita Gil chez lui.

Il habitait un immeuble collectif dans le quartier de Mejiro. Une construction de l'après-guerre en béton, pavés de verre et parement de briques jaunes. Des coursives vitrées permettaient d'accéder aux appartements qui étaient tous de taille modeste.

Junichi louait un studio de musique et, trois étages plus haut, un petit deux-pièces où il vivait. Sur le piano – un quart de queue Yamaha – était posé un cadre avec une photographie de Vlado Blasko prise à la fin de son récital à Kobé. On voyait la silhouette maigre du pianiste en queue-de-pie devant un grand Steinway de concert. La peau blanche de son front et de ses mains concentrait sur elle la lumière. Sa tête était légèrement penchée. Sa main droite posée sur le haut de sa cuisse, la main gauche un peu en retrait, les doigts serrant l'angle saillant du piano à la droite du pupitre. S'y tenant comme à un bastingage par une mer démontée.

*

Junichi proposait de reprendre telle ou telle phrase. Gil non plus ne laissait rien passer. Ils se posaient constamment des questions de tempo et d'équilibre entre le piano et la voix.

Après trois journées intenses de répétition, huit heures de musique par jour, avec à chaque fois des pauses très courtes pour les repas, Gil et Junichi décidèrent d'aller se détendre un moment dans le parc de Shinjuku.

Des employés de bureau et un groupe d'ouvriers terrassiers en combinaison orange vif déjeunaient, assis autour d'une table à l'abri d'un auvent. Dans une guérite, on pouvait acheter des crackers aux céréales soufflées et des boissons. Sous un arbre, deux femmes assises en tailleur sur une nappe en plastique pinçaient avec leurs baguettes des aliments rangés dans les compartiments du plateau-repas qu'elles tenaient à hauteur de leur menton.

Un peu plus loin, deux petites filles couraient pour suivre le trajet de grandes bulles souples de savon qu'elles venaient de souffler. Elles passaient en dessous, se retournaient. S'étonnaient de voir leur propre reflet dans les irisations.

65.

Une série de petits plafonniers ronds et plats et des spots orientables éclairaient la salle du Suntory Hall.

Pendant les répétitions, il n'y avait que les lumières de service et un éclairage plateau que les musiciens pouvaient eux-mêmes modifier sur un boîtier, en montant un petit curseur.

Au cours du premier récital, Gil avait été un peu gêné par les faisceaux des projecteurs. Ils l'éblouissaient. Ils avaient pourtant été réglés le matin de la générale. Après coup, on avait découvert une chose étrange. Le jour du récital, vers huit heures du matin, un technicien que personne ne connaissait dans la maison, et qui s'était fait passer pour un nouveau vacataire n'ayant pas encore reçu son badge électronique, avait demandé à accéder à la salle pour changer des gélatines qui manquaient. On lui avait soi-disant demandé d'en trouver d'urgence chez le fournisseur. Le responsable de l'accueil avait trouvé la chose plausible. On n'avait jamais bien compris ce qui s'était passé.

Le fait est que plusieurs projecteurs avaient été bougés, et que, pour le deuxième concert, on avait dû les repositionner.

La petite salle du Suntory Hall pouvait accueillir quatre cents personnes. Le fond du plateau était recouvert de panneaux acoustiques en bois, à pans légèrement inclinés qui se rejoignaient en pointe de diamant.

Le lendemain, Gil arriva vers les cinq heures. Plus tôt que prévu. Les techniciens n'étaient pas encore là. L'accordeur était passé le matin.

Gil écarta d'une main les pendrillons. Il marcha doucement sur le plateau, se tourna vers la salle vide non éclairée et considéra un moment cet abîme noir d'où émaneraient bientôt des effluves de parfums de luxe et la rumeur du public qui, au Japon, ressemblait plutôt au murmure d'une fontaine.

66.

En sortant du Suntory Hall vers minuit, Gil et Junichi avaient salué le directeur de la salle et son équipe. Junichi était tout de suite monté dans un taxi. Le vent soufflait en rafales. Gil se pressait pour rejoindre son hôtel qui était à dix minutes à pied. Ils devaient se retrouver le lendemain pour se rendre à Osaka.

Gil portait son sac en bandoulière. Ses mains enfoncées dans les poches lui permettaient de plaquer contre ses cuisses les deux pans de son imperméable qui se soulevaient. L'éclairage public soulignait les lignes des buildings et les rendait coupantes comme des éclats de vitre.

Malgré le vent qui se renforçait, Gil crut reconnaître sur l'esplanade, en face de la salle, l'homme à l'étrange mâchoire. Cheveux courts, noirs. Il ne portait plus de lunettes. Il était vêtu d'une salopette grise, d'un pull à col zippé et de chaussures de sécurité, comme un technicien. Gil s'était arrêté un instant. L'homme s'était approché de lui. Il avait d'abord regardé Gil avec une insistance étrange, puis il l'avait félicité dans un anglais approximatif, avec un accent indéfinissable. Ensuite, il lui avait tendu le programme du concert en lui demandant un autographe.

Gil se pencha et signa, son autre main ouverte soutenait le programme. Tout cela très vite – sa signature s'était résumée à une sorte d'arabesque s'enroulant plusieurs fois sur elle-même –, parce qu'il voulait prendre le temps de scruter le visage qui le regardait.

Gil n'eut pas le temps de lui parler. L'homme avait déjà refermé son programme. Il remonta le zip de son col. Puis il partit.

*

– Olivier ?

– Oui.

– Je ne te dérange pas ?

– Non. Où es-tu ?

– À Tokyo.

– Formidable.

– Tu as un moment ?

– Qu'est-ce qui se passe ?

– Pardonne-moi, mais je n'arrive pas dormir.

– Pourquoi ça ?

– Tu sais, le type de Cologne.

– Oui.

– Je crois que je l'ai encore vu ce soir.

– Ah bon ?

– Je le trouve inquiétant, moi, ce type.

– Tu te rappelles au Conservatoire, quand tu suivais dans des revues d'opéra les tournées de tes chanteurs préférés ? Si tu avais pu, toi aussi, tu aurais peut-être pris l'avion pour les écouter.

– Peut-être. (Un temps.) Mais c'est tout de même bizarre, là. Non ?

*

Cette nuit-là, c'était le 28 octobre 1993, Douglas Slocombe perdit sa voix. Il était en pleine production. Il dut être remplacé du jour au lendemain. À vrai dire, il ne perdit pas toute sa voix. Plutôt, elle s'altéra. Mua. De baryton, il devint une basse. Une basse d'abord désaccordée. Au timbre insolite, peu sonore.

Aux intimes, Douglas Slocombe expliqua que Mercure, comme il l'avait toujours su et redouté, était devenu rétrograde. Que les valeurs de la planète avaient été exacerbées, créant des troubles profonds dans son thème.

Il fallait tout reprendre. Apprivoiser cette nouvelle tessiture. Et lui donner de la puissance. Douglas Slocombe n'était pas d'un tempérament à tout abandonner. Il travailla dur. Prit ses cours tout en enseignant l'astrologie pour gagner sa vie. Son ami le soutint. Gil lui prêta cinq mille marks, autrement dit, l'équivalent de ce qu'il avait gagné en salaire lors des Chorégies, déduction faite de la commission de David Milzon, son agent de l'époque.

En 1996, soit trois ans plus tard, Douglas Slocombe fit un retour remarqué dans le métier à l'Opéra de Brême.

67.

En Corée, où s'achevait sa tournée, Gil rencontra un jeune serveur. Un employé du Sheraton qu'engageait parfois l'ambassade de France lorsqu'elle donnait des réceptions. Dès qu'il était entré dans le salon de l'ambassade, Gil avait vu le jeune homme qui vérifiait la disposition de petites meringues sur un plat. Il avait été subjugué par sa silhouette gracile. Ses gestes exacts. Sa façon d'être concentré.

Il y avait eu beaucoup de monde autour de Gil. L'ambassadeur lui avait parlé de la souplesse de sa voix. Du sentiment qu'avaient les auditeurs de comprendre tous les mots des mélodies qu'il chantait, même s'ils ne connaissaient pas le français. Gil l'avait remercié en souriant. Au même moment, le jeune serveur lui avait tendu une petite assiette à dessert avec des sorbets. Gil avait perdu le fil de la conversation. Il avait cherché du regard le jeune homme, qui était déjà reparti un peu plus loin.

Gil avait demandé son nom. On lui avait dit qu'il s'appelait Kim Ung Chol. Gil s'était débrouillé pour qu'on lui fît parvenir une invitation pour son récital le lendemain.

Kim était venu au concert. Et il avait rejoint Gil à Paris deux mois plus tard.

*

Neuf ans passèrent.

Gil était âgé de quarante-deux ans. Il vivait avec Kim dans l'appartement de la rue La Bruyère.

Après le succès du disque qu'il avait enregistré au Japon, et grâce au réseau de son agent de Zurich, il fut à nouveau invité dans les grandes maisons d'opéra et jouit d'une attention retrouvée.

Gil chanta dans *Le Occasioni* de Gherardi à l'Opéra-Comique aux côtés de Maud Levesque, une jeune mezzo qui lui rappelait un peu Elsa. Ils furent l'un et l'autre très applaudis.

Il remplaça au pied levé Rafael Battisti dans le rôle de Faust du *Mephistopheles* de Frank Riemer à l'Opéra de Paris, où il n'avait encore jamais chanté.

David Milzon vint de Londres pour entendre Gil dans ce rôle. Il lui tomba dans les bras en lui disant qu'il avait toujours su l'ampleur de son talent.

Cela avait fait à Gil une drôle d'impression. Il n'avait pas vu Milzon depuis douze ans.

68.

Le lendemain matin, Gil reçut un fax d'Armin Schmidt lui proposant de créer avec lui un opéra contemporain : *Lointains hivers*, au Grand Théâtre de Genève. Il avait écrit pour lui le rôle de Markus, le personnage central du livret.

Quand Gil découvrit la partition, il lut les premières pages. Et il pensa :

– Il est fou. Je ne peux pas chanter ça.

Il explora l'œuvre plus longuement.

Gil n'était pas sûr de comprendre le livret. Et musicalement, c'était terriblement compliqué.

Il y avait des accelerandos presque sadiques et des moments d'accalmie. De fausse accalmie.

Cela supposait en tout cas un énorme travail de mémorisation.

– Après tout, pourquoi pas… pensa Gil.

69.

Gil étudia la partition aidé par le chef de chant du Grand Théâtre. Quelque chose lui plaisait dans le parcours de Markus, son personnage. Archiviste à Copenhague, Markus passe toute une nuit dans un Luna Park. Il y fait d'étranges rencontres : un enfant, un acteur de pantomime, une femme adossée à un mur de briques. Du haut de la grande roue, Markus et la femme, dont on ne sait pas jusqu'à la fin si c'est une prostituée, contemplent longuement la ville enneigée.

La voix de Gil devait parfois aller dans des aigus sans le soutien de l'orchestre, comme au bord du précipice. Elle pouvait aussi être noyée, diluée dans un déluge de notes.

Les répétitions commencèrent huit semaines avant la première.

Le metteur en scène demanda aux chanteurs un réel engagement scénique. Il leur parlait comme à des acteurs. Son style était à la fois précis et éruptif. Pour la scène qui se passait au sommet de la grande roue, il demanda à Gil de chanter avec la tête posée sur l'épaule de la soprano. Presque dans son cou, très proche d'elle. Elle devait sentir son souffle.

S'il voulait se faire entendre, à cet instant-là, du fond de la salle, Gil devait utiliser tous les résonateurs. Le masque seul ne suffisait plus. Il fallait chanter avec son dos, son ventre, chaque pore, chaque fibre, chaque cellule de son être.

L'œuvre exigeait de bout en bout une rigueur horlogère et la mise en scène une énergie incroyable. C'était très fatigant, mentalement aussi.

Deux jours avant la première, Gil et les autres chanteurs ne savaient toujours pas s'ils parviendraient à tout assimiler, la partition, les indications du chef et celles du metteur en scène.

⋆

Gil aimait l'ambiance qui régnait dans les espaces qui séparaient les locaux techniques de l'entrée des artistes.

Au fond d'une salle plongée dans la pénombre étaient entreposés les grands flight-cases blancs des violoncelles et des contrebasses. Certains étaient entrouverts, comme des sarcophages pillés ou dont se seraient échappés des morts revenus pour quelques heures à la vie.

70.

Le matin de la première, Gil arriva tôt. Il était venu à pied du quartier Saint-Gervais où il avait loué un petit appartement. Il avait appelé Kim, qui travaillait toute la semaine, et qui le rejoindrait à Genève le samedi suivant.

Gil longea la voie du tramway et observa, sous le ciel gris bizarrement lumineux, le réseau miroitant des rails.

Il avait invité sa mère. Il s'était dit que cela lui ferait plaisir au moins de recevoir le carton. Il avait questionné son médecin, il ne pensait pas qu'on la laisserait quitter Belle-Idée.

Quand Lucile reçut l'invitation, tout le monde fut surpris de sa réaction. Elle dissimula sa joie, déclarant simplement qu'elle était fière de son fils. C'est tout. Elle ne laissa rien transparaître. Elle vaqua à ses affaires, rangea une énième fois ses boîtes de papillons. C'était sa tactique. Elle savait mener son monde.

Sans qu'elle ne réclame rien, on autorisa Lucile à se rendre à l'opéra.

La seule condition posée par le médecin était qu'elle se fît accompagner par une aide-soignante.

*

Lucile s'apprêta longuement, se maquillant les paupières en gris-violet et bleu roi, avec un peu de noir à la lisière des cils. Elle avait fait des prélèvements de poudre sur des ailes de papillons, minutieusement au pinceau. Elle était allergique au fard à paupières que l'on vendait dans le commerce. Et elle trouvait ça tellement plus beau.

Elle s'était séché les cheveux avec son vieil appareil en forme d'escargot.

C'était un jour à part pour elle. Elle n'avait jamais entendu Gil chanter.

Elle prit le bus avec l'aide-soignante. Lucile tenait au bout d'un ruban un paquet de petits-fours.

Au Grand Théâtre, on lui proposa de laisser sa boîte au vestiaire. Lucile était persuadée que c'était le dernier endroit où déposer des affaires. Que les biscuits seraient mangés.

Elle glissa la boîte de petits-fours sous son siège le temps de la représentation. Elle avait aussi dans son sac des pastilles pour la gorge à base de réglisse, qu'elle avait commandées exprès pour Gil à une herboristerie de montagne.

Lorsqu'il sut que Lucile venait à la première, Jorge dit à Gil qu'il préférerait venir une autre fois. Il craignait que cela ne la déstabilise. Ou lui.

71.

Lucile regardait l'étrange rideau composé de tôles d'aluminium martelées, rehaussées de feuilles d'or et d'argent, elles-mêmes percées d'orifices lumineux disposés en spirale. Les mêmes points de lumière se retrouvaient au plafond, créant l'illusion de la Voie lactée.

En 1951, la salle et la scène du Grand Théâtre avaient été entièrement détruites par un incendie. On avait tout refait dans le style du moment. L'ancienne salle à l'italienne devint une salle à l'allemande, carrée. La décoration avait été confiée à Jacek Stryjenski, un architecte d'origine polonaise. On pouvait lire son nom sur une plaque en altuglas à l'entrée de l'une des loges.

Au commencement du spectacle, Gil était seul en scène. Lucile suivit tous ses gestes, la moindre expression de son visage. Elle était médusée.

Les premières notes que Gil chanta produisirent sur elle un choc auquel rien ne l'avait préparée.

La jeune aide-soignante, mesurant son trouble, la surveillait du coin de l'œil. Lucile voyait son fils dans un monde qui à la fois l'intimidait et la fascinait, dont elle voulait faire partie. Elle aurait pu se lever. Commenter tout haut ce qu'elle voyait et éprouvait. Créer un incident. Mais non. Elle ne bougea pas. Ne broncha pas.

Le spectacle fit simplement venir à ses yeux des larmes qu'elle n'essuya pas.

La direction d'Armin Schmidt était très curieuse à voir. Il commençait parfaitement immobile, tenant sa baguette légèrement en oblique. On la voyait à peine se soulever pour marquer l'entrée du solo de clarinette. Lors de puissants crescendo, elle dessinait des boucles et des enroulements qui semblaient repasser toujours par le même point mais qui proposaient en fait de subtils écarts.

Armin Schmidt avait aussi une manière bien à lui d'isoler des détails ou d'agréger des parties séparées en un corps uni. Enfin, il agrandissait des images ou les rapetissait à toute vitesse.

Gil trouvait cette direction très expressive. Inspirante pour lui.

*

Après la représentation, Lucile attendit Gil dans le hall, au pied d'un lampadaire en bronze représentant deux amours. L'un soulevant des deux mains une draperie ample qui lui cachait le visage. L'autre tenant le premier par la taille. Sur les parties saillantes – l'épaule, le genou, le coude-pied – le bronze poli avait pris une teinte plus claire, luisante.

Le contraste entre le hall Second Empire et la salle années 1960 était saisissant. Ce n'était plus du tout le même opéra.

Gil arriva par l'autre côté. Il traversa le hall. Des spectateurs étaient étonnés de le voir si tôt après la fin du spectacle. Gil s'approcha de Lucile, qui le fixa quelques secondes. Les couleurs qu'elle avait posées sur ses paupières et sous ses yeux avaient coulé sur son visage. Gil aussi portait encore ici et là des traces de maquillage.

– Tu as été formidable. Je n'imaginais pas.

Elle entoura son cou de ses bras. Ils restèrent comme cela une minute ou deux, joue contre joue.

Puis Lucile retira l'un après l'autre ses bras.

Gil était heureux. Il faut dire aussi que ce rôle le touchait plus qu'un autre.

Lucile ne pouvait pas rester longtemps. Elle offrit à Gil les petits-fours et les pastilles de réglisse. Elle précisa que les amuse-bouches étaient du salé. Gil lui dit qu'il en ferait son petit déjeuner. Il était curieux des pastilles. Sur le couvercle était écrit en cursives : Jardin des Monts. Pays-d'Enhaut. Rossinière. Avec un motif végétal stylisé, comme un mince bouquet d'herbes sauvages.

Gil ouvrit la boîte métallique, souleva avec deux doigts le papier qui protégeait les gommes. Et posa une pastille sur sa langue. C'était très fort.

– Cela me change de l'Euphon, dit-il.

*

Lucile, au moment d'embrasser Gil, remarqua un peu de jus noir à la commissure de ses lèvres. Gil ne pouvait pas voir. L'extrait de réglisse avait noirci sa bouche et ses dents.

Lucile, pour qui les relations de cause à effet empruntaient d'étranges trajets, pensa qu'après un effort aussi considérable, une pareille réaction pouvait se produire. Chanter s'apparentait pour elle à une obscure chimie pouvant provoquer des sécrétions provenant de la gorge ou de plus loin, qui remontaient et au contact de l'air fonçaient comme du sang coagulé en laissant dans la bouche un goût de fer.

C'était une chose impressionnante à voir mais au fond sans gravité, pensa-t-elle.

Elle embrassa une fois encore Gil et partit.

72.

Le jour de relâche, le chef de chant avec qui Gil avait sympathisé lui proposa d'aller se promener à Montreux. C'était la semaine des vacances de Pâques. Le soleil perçait les nuages. Il y avait du monde au bord du lac.

Gil et le chef de chant longèrent le quai des Fleurs.

Des saules trempaient leurs branches dans l'eau transparente. Des impatiens, des œillets d'Inde jaunes et orange poussaient dans de grandes jardinières de ciment, et des géraniums-lierres tombaient en cascades de vasques en terre cuite.

Gil s'étonna de voir des aloès et des palmiers. Le chef de chant, penché pour respirer un héliotrope, lui expliqua que Montreux bénéficiait d'un microclimat.

Des enfants marchaient sur les rochers. Un garçon roux avançait pieds nus, avec ses baskets qu'il tenait au bout de deux doigts.

Gil avait reçu le matin même sur son téléphone portable un appel d'Olivier. Il voulait lui fêter son anniversaire. Il oubliait rarement la date. À chaque fois, il se demandait où il allait trouver Gil. L'an passé, il lui avait répondu de Sapporo. Olivier lui-même rentrait de voyage. Un trek aux îles Galápagos. Gil avait raconté sa soirée de la veille, la rencontre avec sa mère. Il l'avait décrite avec son paquet de petits-fours. Il ne l'avait pas trouvée si mal.

Le chef de chant dit à Gil de regarder un peu plus loin. Il avait reconnu un vieux chanteur, Francis Thévoz. Vêtu d'un costume clair. La tête protégée par un panama à ruban gris. Un jeune homme l'accompagnait. Ils avançaient lentement. De temps en temps, le vieux chanteur s'arrêtait, se redressait légèrement. Il s'approchait du bord de l'eau, émiettait du pain sec qu'il jetait à un cygne.

– C'est le créateur du rôle de Mill dans *La Mer et le Miroir* d'André Barsacq. Il habite une villa sur les hauteurs de Montreux.

– C'est lui ?

– Vous l'avez déjà entendu ?

– J'ai des airs de *Deucalione* chantés par lui. Et *Départ dans la nuit*, le cycle de mélodies d'Henry Viollet. J'avais été frappé, je me souviens très bien, par la pureté de ses voyelles. Les *u*, les *é* fermés. La beauté franche de ses *a*. Et aussi le grain des nasales, un peu âpre, comme épicé.

– Il a participé, je crois, à la création d'au moins trois œuvres. C'est vraiment pour lui qu'André Barsacq a écrit le rôle de Mill.

Gil pensa à Samuel Isherwood jeune. Avaient-ils eu l'occasion de se rencontrer ?

Un peu plus loin, près de la rive, le cygne faisait onduler son cou, l'allongeait pour accompagner la progression d'un bout de pain trop gros pour son gosier.

– À l'âge de soixante-cinq ans, il a arrêté l'opéra pour se consacrer aux lieder, toujours guidé par la même curiosité.

À cet endroit du quai, des séries de petites vagues venaient frapper contre les rochers en faisant un bruit de mains qui claquent. Gil et le chef de chant ne s'entendaient plus parler.

Le vieux chanteur s'était un peu éloigné. Le jeune homme qui était auparavant à ses côtés se dirigeait vers un kiosque. Peut-être allait-il chercher des boissons.

Cette promenade au bord du lac et cette rencontre prédisposèrent Gil à la méditation. Il réfléchit à sa propre vie.

– Ni-co-las !

La voix d'un homme appelant un enfant tira brusquement Gil de sa rêverie. Il réalisa qu'il devait se trouver à seize heures sur le plateau du Grand Théâtre pour des raccords. Le metteur en scène leur avait dit qu'il voulait régler des détails. Il devait vérifier, par ailleurs, au contrôle qu'il y avait bien deux détaxes à son nom.

Il avait promis à ses tantes de leur réserver deux places ce soir-là et de dîner ensuite avec elles.

Gil se retourna, chercha du regard le chef de chant. Il mit ses mains en visière pour voir s'il ne s'était pas entre-temps, lui aussi, éclipsé du côté du kiosque. Il ne le trouva pas.

Mais il sentit une présence, toute proche. Une respiration tiède contre le bas de son pantalon. Il se retourna.

Un chien se tenait à côté de lui. Un grand braque noir à poil court. Fort. La gueule bordée de rose, découvrant par endroits des dents blanches de loup. Il avait une oreille abîmée. Mais son pelage était trop soigné, trop lustré, pour être celui d'un chien errant.

Gil ne l'avait pas du tout entendu venir.

D'abord méfiant, Gil ne bougea pas. Le chien pouvait très bien lui sauter à la gorge. Il l'observa. La peau de l'animal était régulièrement parcourue de frissons qui la plissaient en une géographie qui durait une fraction de seconde.

L'air se solidifia.

Une minute passa. Elle parut à Gil une éternité.

Dominant soudain toutes ses peurs et ses pensées, Gil fredonna une suite de notes. Cela créa une percée, une ouverture. Comme un morceau de soie qu'on déchire.

Gil continua. Les notes formèrent bientôt une mélodie.

Quelque chose dans le regard de l'animal s'adoucit.

Gil avança la main et caressa le chien entre les oreilles. Cela dura un moment.

Puis le chien, apparemment apaisé, ferma les yeux.

La silhouette de Francis Thévoz était encore nette, malgré la distance. Il évoluait maintenant parmi les sculptures et les promeneurs. Les parterres au soleil formaient des taches claires qui étaient presque de la couleur de ses vêtements.

Bientôt le vieux chanteur se confondit avec le jardin.

L'auteur remercie Philippe Béziat, S. B., Claude Cortese, Christiane Eda-Pierre, Erwan Frotin, Mirella Giardelli, Marcelle Heuclin et ses élèves, Sophie Marin-Degore, Yasuko Miyoshi, Claire Peverelli, François Rougier et Sébastien Roux.

Achevé d'imprimer en novembre 2014
dans les ateliers de la Nouvelle Imprimerie Laballery
à Clamecy (Nièvre)
N° d'éditeur : 2427
N° d'édition : 269727
N° d'imprimeur : 411210
Dépôt légal : janvier 2015

Imprimé en France